JN012818

クールなはずの完璧御曹司は、重くて甘い独占欲がダダ漏れです

ルネッタブックス

CONTENTS

第一章

「待って、お姉ちゃん！」

姉の理緒《りお》が亨《とおる》と待ち合わせているという喫茶店の前だった。なんのためらいもなくノブに手をかけた姉の腕を、真緒《まお》は思わずつかんでいた。

「ほんとに本気なの？　本気で断るつもりなの？　亨さんと結婚しないの？」

心なしか声が震えているのが、自分でもわかる。

「しないわよ。昨日、ちゃんと話したでしょ」

胸の鼓動も、まるで耳元で鳴っているかのように激しく打っている。昨夜、姉に本郷《ほんごう》亨に嫁ぐつもりはないと聞かされてからずっとだ。

（どうしてこんなに……）

自分のことでもないのに、なぜこうも追い詰められた気分にさせられるのか？　にわかに戸惑う気持ちが膨らんで、続く言葉が見つからなくなる。

「大丈夫、安心して」

真緒とは対照的に、婚約破棄を告げる場面を控えて緊張している様子のかけらもない姉は、自分よりも妹の心配をしていた。腕をつかんだまま固まっている真緒の手に手を重ねて、強く握りしめた。

「真緒にとばっちりがいく前に、こっちからビシッと突っぱねてやろうよ。そのために一緒にきたんでしょ」

（とばっちり……）

一瞬、胸が震えるような心地になり、真緒の心臓はぎゅっと熱くなった。

（まさかそんなの、あるわけないよ！　お姉ちゃん！）

姉が言う「とばっちり」とは、真緒にしてみれば万が一にも起きるはずのないサプライズだった。そんなことは絶対に、亨が言い出すはずがないと思っていた。

家の格式とか家系とか。世間のほとんどの人たちがとっくの昔に死語になったと思っている言葉が、自分の周りではまだ力を持っているのを知ったのは、真緒が小学六年生になった春だった。

三つ上の姉が婚約したのだ。内々の決めごとではあったが、姉は十五歳になったばかりで許嫁《いいなずけ》を持つ身となった。

相手もまだ十七歳。将来、日本でも名の知られた企業グループを継ぐことになっている彼は、当時、国内屈指の名門校に通っていた。

「やはり家格の良い、その格式に相応《ふさわ》しい教育を受けた者同士が一緒になるのが一番の幸せだからな。互いの家にとっても、もちろんお前たちにとっても」

二人の娘に繰り返し言ってきかせてきた両親と同じ考えの大人たちが集まって、一種の結婚紹介所のようなものを作っていると教えられたのは、真緒自身にもお見合いの話が持ち上がった時だった。姉よりも少し遅く、高校にあがってからだったが。

その頃になると真緒も、自分の家——市原《いちはら》家——の家系や家柄について、否でも意識するようになっていた。

江戸の昔、市原家の先祖は大名よりも裕福な暮らしをしていたと伝わる大名主《おおなぬし》だった。現在《いま》は都内をはじめとした関東圏に多くの不動産を有し、貸しビル業や大型商業施設の開発・運営事業を行っている。

社長令嬢

その肩書を通して自分を見る者がいるのを意識しはじめたのも、最初の見合いをした頃からだ。でも、自分では令嬢なんてとんでもないと思っていた。量販店で売られている廉価品《れんかひん》の壺《つぼ》に、誤って高価な値札をつけたようなものだ。

社長令嬢と呼ばれて相応しいのは、姉の理緒だ。

大勢の視線を集めずにはおかない、飛び抜けて整った顔だち。その美貌《びぼう》をさらに際立たせるスラリとしたモデル体型は、たとえば同じ制服を着ていても、一人だけ華やかな衣装をまとっているかのごとき輝きを放っていた。

外見だけではなかった。

学生時代の成績はトップクラス。生徒会の役員や部活の部長に真っ先に推《お》される姉は、先生にも生徒にも特別な存在として大切に扱われていた。社会に出て四年目の今も、それは変わらなかった。

そんな姉と十分に釣り合いのとれる相手だったのだ。

本郷亨という男性《ひと》は。

姉の持つ魅力のすべてを彼もまた同様に備えていると、真緒の目には映っていた。それなのに、姉は彼の妻になるつもりはないという。

昨夜――。
姉に婚約を破棄するつもりだと打ち明けられた時、真緒は思わず何度も「どうして？」と聞いてしまった。

●

「どうして？　どうして断っちゃうの？　お姉ちゃんと亨さん、うまくいってたんでしょう？」

少なくとも真緒の目にはそう映っていた。今まで幾度か言葉にして確かめたこともあるが、姉から返ってくる台詞《せりふ》はいつも同じだった。

「大丈夫、大丈夫。うまくいってるわよ」

理緒はもともと姉妹の間であっても、恋バナを楽しむタイプではなかった。その手の話題を避けているのではなく、話したいことがほかにたくさんあるからだ。面白かった授業や好きな本、お勧め映画に小学校から打ち込んでいる華道の話まで。興味を引かれた世界には躊躇《ためら》うことなく飛び込み夢中になる姉とのおしゃべりは楽しく、真緒が亨との仲をあれこれ詮索する暇もなかった。

でも、本当に信じていたのだ。姉と亨は結婚に向け、恋人同士の絆《きずな》を順調に育んでいるものとばかり思っていた。

「亨さん、ウチにも遊びに来てたじゃない」

亨は婚約後、定期的に市原家を訪ねて両親にも顔を見せ、家族みんなを安心させていた。

「お姉ちゃん、デートから帰ってくると、いつも楽しかったって言ってたのに？　どうして？」

姉と違ってどちらかといえば引っ込み思案の、いつもは大人しい自分が「どうして？」と何度も重ねて迫《せま》るのに、真緒自身が戸惑っていた。姉も少し面食らった表情を浮かべつつも、応えてくれた。

「彼、頭はいいし博識だし、一大企業グループの後継者って立場柄、年齢以上の社会経験も積んでいるし。おしゃべりするだけなら、そりゃあ楽しいわよ」

理緒は、でも本当にそれだけだと苦笑した。彼に恋愛感情はまったく抱いていない、芽生えてさえいないと。

亨は今年、二十九歳。大学卒業後、父親の秘書的ポジションを与えられ仕事を覚えてきたが、一昨年から取締役の一人として観光関連事業を任されるようになっていた。

「私もようやく一人前になったと父に認めてもらえるようになりました。理緒さんとも、責任を持って結婚できるタイミングです。式に向け、そろそろ具体的な話をしませんか」

次のデートの約束をする電話で、亨はそう提案したという。

「私としても、まさに今がタイミングだったの。だから、ちょうど良かった。明日はこちらから別れを切り出そうと思って」

「タイミングって？」

「彼が一人前になったのなら、私の方は独り立ちする準備が整ったってこと。家も出る」

「独り立ち……？　フリーのプランナーになるの？」

「そう。事務所兼新居も、もう借りてあるんだ」

おそらく父と母は、姉の決意を知らないのだろう。姉は大学を出て就職先を決める時も、真緒とは違い、親の意向に従わなかった。父が友人の会社に用意した楽で高待遇な仕事を蹴飛ばし、さっさと自分の行きたいところに行ってしまった。当然もめはしたものの、こうと決めたらよほどのことがない限り引かない姉の性格を身をもって思い知らされている両親は、三日であきらめた。

卒業してからの四年、姉はイベント業界で企画やプロデュースの仕事に打ち込んできた。実家に留《とど》まっているのは、貯金のため。学生時代からバイトで貯《た》めてきた独立資金を、一日も早く目標額にのせるためだと真緒も聞いていた。

「婚約の話だけはねぇ。ほかのこととは違って逆らったり突っぱねたりしたらとんでもなく面倒な騒ぎになるのは、目に見えているでしょ。お父さんたちと争って貴重な時間と労力を無駄にしたくなかったの。それで、逃げ出すぎりぎりまで受け入れているふり、うまくいってるふりを装うことにしたのよ」

真緒は姉とじっと目を合わせた。

「お姉ちゃん……」

「うん？」

「お姉ちゃんが婚約を解消する理由は、仕事に集中したいからなんだ？　今は結婚なんてしてられないってこと？」

いつも前向きな光を宿した姉の瞳のなか、一瞬、輝きが生き生きと弾けた気がした。

（だからお姉ちゃん、こんなに嬉《うれ》しそうなんだ？）

親の望んだ結婚を蹴飛ばすということは、つまりはこの先、市原の家に縛られない決心をつけたということではないだろうか。姉の目はとっくにもう、婚約解消後の、何もかもから解放された新しい日々を見ている。

大好きな姉の決めた未来なら、応援したい。一緒に喜びたい、わくわくしたい。それなのにそんな姉への思いは脇へと押しやられ、今の真緒の心は亨でいっぱいだった。

「お姉ちゃんはよくても亨さんは？」

真緒の頭に、肩を落とした亨の姿が浮かんだ。

「彼の方は式の内容を相談するつもりでいるんだもの。絶対ショックだよね」

想像のなかの亨は、真緒が今まで見たことのない悲しい表情を浮かべていた。

「お姉ちゃんを愛しているから、すごく傷つくよ」

真緒の胸の深いところにツンと、沁《し》みるような痛みが走った。

ところが理緒は、真緒に言われて初めて亨の気持ちに目が向いたような顔になった。

「亨さんが？　どうかなあ？」

首を捻《ひね》って考えていたが、

「平気でしょ」

すぐにヒラヒラと、さよならをする時のように手を振った。

「驚きはするだろうけど、大してショックは受けないと思うよ」

そう言い切った理緒は、「だって私たち、十年以上許嫁やってて、一夜の火遊びすらなかったんだから」と付け加えた。

「本当？」

真緒は本当に驚いていた。誰の目にも似合いの恋人同士に映る二人は、当然、大人の関係を結んでいるものとばかり思っていたのだ。真緒の胸がまた、小さく震えている。

「彼に、私への恋愛感情があるとは思えない。それ以前に、女としての魅力を感じてないんじゃないかな」

「まさか！　お姉ちゃんに惹《ひ》かれない男の人を探す方が難しいよ。妹の私が言うんだから間違いない」

「ありがと」

理緒は子供の頃からそうしてきた癖で、妹の頭をポンポンと優しく叩《たた》いた。

「でも、ほんとなの。何年もつき合っていれば、少しぐらい気持ちのぐらつく瞬間があってもおかしくないけど、本当に何もなかったのよ。彼からそういう男のギラギラしたものをまるで感じないっていうか……」

「草食系のお手本みたいな人なんじゃない？」

理緒はまた、少しの間考え込む。

「いや、違うな」

理緒は断固として首を横に振った。

「そもそもが肉食でも草食でもないんだと思う。本郷亨にとって一番大切なのは家と会社であって、自分の恋愛事情は二の次三の次。親の勧める相手なら、つまりは家格的に釣り合いのとれた、会社にとってメリットのある女なら誰だっていいのよね」

理緒が頬杖《ほおづえ》をつき、ついたため息は、心底つまらなそうだ。

「親が決めた許嫁だとしても、愛してるの言葉は必要でしょ？　そういうの全部すっ飛ばして、結婚するタイミングです、だって。おまけに口調も会議で報告書でも読みあげるみたいに、腹が立つぐらい淡々としてた」

（愛してるって言ってない？　一度も？　じゃあ……、亨さんもお姉ちゃんを好きじゃないの？）

「まあ、その方が私には好都合だったんだけどね。そういう相手だからこそ、今まで許嫁とは名ばかりの友達づき合いを続けてこられたんだし。もしも彼に本気で好意を持たれていたら、もっと早くに婚約を解消して、今頃はお父さんたちとの衝突回避のため、何度もお見合いしてたと思う」

(お姉ちゃんの言う通り、亨さんにとっての結婚は会社や家のためのものなの？)

もしそうだとしても、高校生の頃からの許嫁なのだ。明日、突然婚約破棄を宣告されて彼は辛い思いをするかもしれない。悲しい気持ちになるかもしれない。

真緒はどうしても亨が気になった。彼が心配だった。

(亨さんが元気になれるように、私にできることはないのかな。彼の力になれたら、私……)

真緒はそこまで考えて、ハッと我に返った。

にわかに頬《ほお》が熱くなる。

心の奥の奥――見えないどこかから込み上げてきた感情を、真緒は両手でつかんで力いっぱい押し戻した。

「そんなに悩まないで」

真緒の頭を撫《な》でた姉の手が、今度は肩を包んで優しく揺すった。

「そもそもが彼、私の好みじゃないんだから」

「そうなの……？」

「だってあの人、サイボーグみたいでしょ？」

とんでもない単語が飛び出して、真緒は思わずまた聞き返していた。

「サイボーグって？　どうして？」

「感情が読めなくて、なにを考えてるかよくわからないところがあるからかなあ。一緒にいて冷たく感じるのよね。彼は私が知ってる男のなかではダントツの美形だけど、そこがまた作り物めいてサイボーク的っていうか……。堅苦しいぐらいのあの真面目さも、プログラミング通りに動いてるだけとしか思えない」

「亨さんは冷たい人じゃないと思うけどな」

理緒は一瞬不思議そうに真緒を見返したが、すぐに首を横に振った。

「真緒も彼と一度でもデートしたらわかるわよ」

姉はそう言うが、

（サイボーグなんかじゃないと思う）

真緒の意見は変わらなかった。

亨と話をする機会は、彼がこの家に遊びに来る時だけだったが——いずれは妹になる女の子として接してくれる彼に、真緒はむしろ「優しい人」という印象を抱いていた。だからこそ傷ついて悲しんだり苦しんだりしている彼の表情《かお》を、想像できたのだ。

「ねぇ、真緒」

「うん？」

気がつくと姉の眼差《まなざ》しに、さっきまではなかった挑戦的な色が浮かんでいた。

「本郷亨は私が結婚しないと知れば、会社や家のことを考えて、驚くより先に困って焦ると思うの」

『困りましたね。私の理想の人生設計が狂ってしまいました。どうしましょうか』

理緒は、いつも落ち着いた口調で丁寧にしゃべる亨の真似《まね》をした。

『ああ、良いことを思いつきました。理緒さんが難しいなら、真緒さんはどうですか？　市原家のご令嬢を妻に迎えられるのでしたら、私の方はなんの問題もありません』

真緒の目がぎょっと大きくなった。

「彼ならしれっと提案しそうじゃない？」

「なに言ってるの、お姉ちゃん！」

びっくりしすぎて大きな声が出た。

「瞬時にターゲットを真緒に切り替えて、あのド真面目フェイスで迫ってきそう」

(亨さんが私をなんて……。絶対絶対あるわけない！)

真緒は心のなかで両手を振り回す勢いで否定するけれど、姉が同意してくれないのは続く言葉ではっきりした。

「あなたにとばっちりが行く可能性が少しでもあるなら、私が叩《たた》き潰《つぶ》さないと」

励ますように、理緒が真緒の両手を自分の両手で包み込んだ。

「まかせておいて」

「お姉ちゃん……？」

「いつも自由にさせてもらってる私の分も、良い娘役を引き受けてくれてる真緒だもの。お父さんたちの願いを無碍《むげ》にできない優しさから、あいつに押し切られでもしたら大変」

「……どうするの？」

亨が口に出す前にさっさと断ってしまえばいいと、姉は言った。

「私が隣にいれば、真緒もはっきりそのつもりはないと突っぱねられるよね」

●

——そんなやりとりがあって、真緒は今日、姉と亨の最後のデートに同席することになったのだった。

「行こう。あのクール・サイボーグ、行動もいちいちマシンぽいの。約束のかっきり十分前には必ず来て待ってるのよ」

姉のノブを握る手が、思い切りよく動いた。

ドアベルの澄んだ音が、真緒を現実に引き戻した。

(どうしよう?)

速い鼓動に胸が壊れそうだ。

(私の馬鹿! なんでついてきちゃったの!)

もはや婚約解消よりも妹の身に降りかかる災難の方を気にかけている様子の姉に、真緒は言いたかった。心配してくれる気持ちは、嬉しい。ありがたい。けれど、そんなのは百パーセント取り越し苦労だと。

亨が真緒を望むことなど絶対ないのにこちらから話を持ち出せば、いったい何を考えているんだ? と、彼は驚くに違いない。唖然《あぜん》としている亨を前に、胸を張ってお断りするなど、ずうずうしい以外のなにものでもなかった。

想像するだけで、真緒は恥ずかしさに消えてしまいそうになった。

(ついてくるんじゃなかった)

姉の婚約破棄に、なぜこうも追い詰められた気分にさせられるのか? 本当は……、理由はちゃんとわかっていた。

息がつまりそうな苦しさに揺さぶられ、心の奥底に隠した扉まで開いてしまいそうだ。誰にも秘密にしてきた、見ないふり、知らないふりをして押し込めてきた亨への想《おも》いが溢《あふ》れてきそうだった。


真緒はこんな時でも、いつものように見とれてしまう。

単なる窓際のテーブル席が、彼がそこに座っているというだけで、この店一番の特等席に思えた。ネイビーカラーのスーツがよく似合う均整のとれた体型が、まず際立って人目を引いた。いくら顔だちがよくても首から下とのバランスが悪ければ、かえってがっかり感が増すものだが、彼の場合、その点もまったく隙がなかった。上から下まで一分の狂いもなく、造型的に完璧だった。

窓から差し込む春の陽《ひ》が、引き締まった彫りの深い面《おもて》に淡い影を作っている。秀でた眉といい、聡明《そうめい》そうな目元といい、どこか海の向こうの芸術品めいた美しさだった。

(亨さん……)

気後れして近づくのをためらう真緒の前を、姉は颯爽《さっそう》と亨の元へ向かった。

どこででも見かけるセミロングヘアの真緒と並ぶと、余計に活発な印象を受けるショートヘアの理緒。両耳のピアスの濃い青までが攻撃的だ。亨に引けをとらない完璧ボディを、決戦の日とばかりにかっちりしたスーツで包んでいる。真緒がめったに履かないハイヒールも、理緒にとっては自分を一番強く美しく見せる武器だった。

何事も『お姉ちゃんはお姉ちゃん。私は私』――がモットー。お洒落《しゃれ》も自分なりに頑張っている真緒だったが、改めて姉の後ろでこっそりチェックしてみると、やはりなにもかもが平々凡々としている気がした。

姉よりずっと小柄なところと、ナチュラルメイクしか似合わない童顔が、個性と言えば個性だろうか。人からもらうプレゼントにピンク色のものや可愛《かわい》いものがやたらと多いのも、二十三歳という年齢よりも幼い印象をもたれている証拠だった。

ちなみに今日の服も、誕生日に姉が贈ってくれた桜色のワンピースだ。胸元を花びらに模したフリルが飾っている。

(やっぱりあり得ないよ。だって、この私のどこにお姉ちゃんの代わりができる要素があるっていうの?)

二人で結婚の話を進める場に真緒が一緒なのを見て、さすがに戸惑っているらしい亨と目があった。とたんに真緒の手足は別の誰かの持ち物みたいにぎくしゃくとして、うまく動かなくなった。

「こんにちは、真緒さん」

なぜ? といきなり問いただしたりしないのが、亨らしかった。彼はきちんと挨拶を済ませ、姉妹がオーダーした飲み物が運ばれ場が落ち着くのを待ってから、質問した。

「真緒さんが一緒なのは、なにか理由がありますか？」と。


「ごめんなさい。あなたとの婚約を解消させてください」

理緒は近々フリーになる予定なので、今は仕事に邁進《まいしん》したいこと。当分結婚するつもりはないことを伝えた。

「独立する準備が整ったということですか？」

「ええ」

「入社して四年目で、大きな決断ですね」

「年齢だけで言うなら、独立はまだ早いのかもしれません。でも、フリーでやれる自信がなければ、行動に移したりはしません。それに、若い分、良い意味で怖いもの知らずになれるでしょう？より多くの経験が積めるのも、独立を選んだ理由のひとつです」

亨は独立後のクライアントの確保や仕事の中身など、次々と質問しては具体的な説明を求めた。そうすることで理緒の仕事への本気度をはかっているようだった。たぶん、婚約解消の決意の固さを確かめている。

亨は落ち着いていた。理緒に決意を告げられた時、ほんの一瞬、驚きの表情を浮かべたように見えたが、言葉も表情も淡々として普段通りだ。

（亨さん、大丈夫かな）

感情的にならなくても、心のなかも穏やかとは限らない。


「困りましたね。私はそのつもりでいたのに。どうしましょうか」


昨夜、姉が予想したのと似た台詞が彼の口から飛び出し、真緒はドキリとした。亨の視線は理緒を離れ、手元のカップに落ちた。

「やっぱりね」

姉の呟《つぶや》きに、真緒はハッとした。

（お姉ちゃん、言わないで！）

とっさに理緒のスーツの袖をつかんで引いたが、遅かった。

「私の代わりに真緒をって提案なら、受け付けないわよ」

亨が姉ではなく真緒を見た。

「言い出される前にはっきり断ってしまおうと思って、この子を連れてきたの。今回のことに真緒を巻き込みたくない」

亭の両瞳《りょうめ》には、はっきりそれとわかる驚きの色が浮かんでいた。きっと姉の言葉を聞くまで、頭の片隅にもなかったのだろう。そう思うと、懸命に押《お》し留《とど》めていた羞恥の波が一気に押し寄せてきた。

とても目を合わせていられず、真緒はうつむいた。膝の上の両手が、縋《すが》るようにスカートを握りしめた。

「真緒さん。もしできるなら、私はそうしたいのですが」

静かに届いた亭の言葉に、

「ええっ？」

真緒の心の声がそのまま飛び出した。

何を言われたのか、頭に入ってこなかった。

（信じられない……）

真緒は無意識のうちに手を胸においていた。心の奥の扉から少しずつ溢《あふ》れ出《で》ていたこの想いが聞かせた、幻だろうか？

もしもあの素敵な亭さんの許嫁に選ばれたのがお姉ちゃんじゃなくて私だったら、すごく嬉しいだろうな。幸せだろうな。

いつの頃からだっただろう？　たぶん初めてのお見合いが決まる前には……、中学生の頃にはすでに芽生えていた恋心は、真緒にとってはふわふわとした淡い夢のようなものだった。現実になる日は決して訪れない、いつか遠い記憶の向こうに追いやってしまわなければならない誰にも内緒の想い。


「亨さん……」

「はい」

「今なんて言ったんですか？」

幻なら幻だと、しっかり自分に言い聞かせなければ。

「できるなら私はそうしたいと言いました」

「そうしたいって……？　結婚相手の話ですよ」

「わかっています」

「私と結婚したいんですか？」

「もちろん、真緒さんに私を受け入れてくれる気持ちがあるのが前提ですが」

真緒は亨が冗談を言うのを聞いたことは、一度もなかった。

亨は真剣な眼差しをしていた。姉は冷たいと言うかもしれないその瞳に、真緒は彼の意志の力を感じていた。

（本気なんだ）

真緒は胸に置いた手を思わず握りしめていた。

（まだ信じられないけど……、嘘《うそ》みたいだけど、亨さんは本気なんだ）

彼が本心から自分を望んでくれていると知ったとたん、必死に抑えつけてきた心の扉がとうとう弾けるように開いた。熱い感情の塊が渦を巻くように込み上げてきて、真緒の喉を塞いだ。

「真緒さんの気持ちを聞かせてください」

真緒はうつむき息をつめ、返事ができなかった。

真緒は答えたい。苦しいぐらいに答えたいと思うのに、何をどう伝えようか。真緒は覗《のぞ》き込んだ心のなかに、自分の言葉を探している。

「真緒を巻き込まないで」

二人のやりとりを黙って聞いていた理緒が、割って入った。

「突然、一方的に婚約解消を言い出した私は自分勝手です。亨さんにも本郷の家にも迷惑をかけることは謝ります。でも、あなたも勝手ではないですか？」

真緒を守ろうとする気持ちからだろう、口調が厳しくなっている。

「昨日まで別の相手と婚約していたのに、今日からは真緒とだなんて、無責任でしょう？　ふざけてる」

「いいえ、ふざけているつもりはありません」

まったく迷いのない、ごまかす様子など少しも感じられないきっぱりとした声に引かれて、真緒は伏せていた目を上げた。

「私は真剣です」

理緒と話す亨の目は、真《ま》っ直《す》ぐに真緒を見ていた。

「真剣って、何に対して？　本郷の家や会社のためを思って真剣になってるだけじゃないの？　愛情は二の次で。違う？」

「それも違います」

やはり彼の返事にためらいはなかった。

「家にとって会社にとって、真緒さんとの結婚が最良の選択であるのは、確かにそうです」

亨は真緒から目を逸《そ》らさなかった。

「だからと言って、愛情を疎《おろ》かにするつもりはありません」

真緒も亨と合わせた目を逸らせなくなっていた。亨の一言一言が、真緒の胸に渦巻く感情を掬《すく》い上《あ》げてくれる。

亨は言った。

「夫となり妻となった日が、二人のはじまりの日です。私は互いへの愛情は、夫婦になってから育んでいけると信じています。夫婦の絆は二人で紡いでいける」

（亨さん……）

互いへの愛情は、結婚してから育んでいけると信じている。


亨の言葉は光となって、真緒の頭上に灯《とも》った。なにかあれば消えてしまうかもしれない淡い光だ。でも、できることならこの手に捕まえたい希望の光だった。

「理緒さん。あなたが私に特別な感情を抱いていないのは知っていました」

ふいに自分の方を向いた亨に、理緒は頷《うなず》いた。

「だったらどうしてあなたの方から婚約解消を言い出さなかったの？」

「理由は今話した通りです。私は理緒さんも自分と同じ考えだと思っていたんです。私たちは育った環境が似ているでしょう」

「ああ……」

ああ、そういうことねと納得した理緒は、でも、亨の考えには賛同できないと続けた。

「亨さんは、そういう考え方が時代錯誤《じだいさくご》だとは思わないの？　勝手を承知で言わせてもらうと、私は自分がこの結婚をひっくり返すことで、延々続いてきたウチの古臭いしきたりが変わるきっかけになればと思ってる。真緒にも、この先、意に沿わない結婚を押しつけられそうになったら、さっさと家を出ることを勧めるつもりでいるんです」

理緒は膝の上の真緒の手を包み込むように握り、大きく揺さぶった。

「そうよ、真緒。お父さんの跡は叔父さんたちの誰かが継ぐのが決まっているのは、知ってるでしょ。会社が安泰なら家の未来も安泰。私たちは自由になっていいのよ」

(お姉ちゃん……)

「真緒が自由を選ぶ時がきたら、私が力になるわ」

新しい一歩を踏み出そうとしている姉には、考えなければならないこと、やらなければいけないことがたくさんあるはずだ。それでも妹の将来を、自分のことのように気にかけてくれている。

(お姉ちゃんなら——)

そんな姉なら自分がどんな答えをだそうとも、必ず応援してくれる。

心をまるごと揺さぶって、大きな感情が頭をもたげる気配がした。

手が届かないと思った光が、近くに見えた。

亨は二人の気持ちの問題だと言った。

「私の両親も祖父母も、私と理緒さんのようにまだ子供の頃に見合いをし、婚約したんです。そして、今も仲良く暮らしています。子であり孫である私の目から見ても、とても幸せそうです」

（あ……）

真緒の鼓動がとくんと跳ねた。

幸せそうだと話してくれた亨の、その瞳を過った色に真緒は惹かれた。

真緒は知っている。時折、彼の目に刷《は》くように浮かぶ柔らかな色があるのを。冬の日の日なたにも似て、慎《つつ》ましやかで温かなその色を。

「真緒さん」

彼の視線が真緒に戻ってきた。

「私は真緒さんの気持ちが知りたい」

（亨さんが私を見てる。お姉ちゃんじゃなくて私を……）

自分は彼に会うたび、決して抱いてはいけない願いにどれほど胸を焦がしていただろう。

（ずっと、お姉ちゃんじゃなく私を見てほしかった）

真緒は初めて、秘め続けてきた自分の素直な想いと向き合っていた。身体のなかで渦巻く感情から、目を背《そむ》けられなくなっていた。

「聞かせてください。真緒さん」

姉が婚約を解消すると知った時、亨を心配した。自分にできることはないかと探した。

(私なんかにできることは何もないのはわかってた。わかっていてあんなに必死になったのは、亨さんが好きだから。好きな人の力になれるならどんなことでもしたかった)

「真緒さんに私と結婚する意志はありますか?」

婚約を解消され、傷ついた彼を想像した時、胸に走った痛みの正体は……。悲しむ彼を見たくなかっただけじゃない。姉への嫉妬も隠れていた。

(亨さんを傷つけられる、そこまで彼の心を動かせるお姉ちゃんが、すごく羨ましかった。悔しかった)

「真緒さんにその意志があるのなら、あなたにとって私との結婚は、理緒さんの心配する意に沿わない不幸な結婚ではなくなる」

真緒はもう、ごまかせなかった。すべて認めなければならなかった。亨と姉にまだ身体の関係がないと知った時、あんなにも胸が騒いだ理由も。

(私は驚いて……、そして嬉しかったんだ。亨さんがまだお姉ちゃんのものになっていない気がして、救われた気持ちになったの)

私は亨さんを愛してる。

この人にずっと恋をしてきた。

何年もの間、心の奥の暗がりに閉じこめ、そこに在ることさえ気づかないふりをしてきた想いをしっかりと抱きしめ、真緒は亨を見つめた。

「私でいいんですか?」

今心にある何もかもをぶつけなければ、亨の正直な答えをもらわなければ、自分の答えも出せないと思った。

「私はこれまで何度かお見合いをしました。でも、うまくいきませんでした。いつも相手の方から断られてしまうんです。そんな私でも？」

「その人たちとは縁がなかっただけでしょう」

亨は相変わらずあの、散々理緒をうんざりさせてきたというポーカーフェイスだ。だが、真緒には彼が微笑《ほほえ》んだように見えた。たとえ願望からそう映ったのだとしても、彼の笑みには真緒の不安と迷いを勇気に変えるだけの力があった。


「真緒さんがいいんです」

亨の口からその一言が放たれた時、真緒は悟った。自分が一番聞きたかった言葉を、彼が贈ってくれたのだと。


「あなたは理緒さんの代わりではありません」

「亨さん……」

「私はあなたに――真緒さんに、これから先、私と二人で人生を築いていく気持ちがあるかどうか知りたいのです」

「私……」

もう一度強く握りしめた手のなかに、真緒は捕まえようとしていた。

「……私は……」

亨の妻となり、真実《ほんとう》の夫婦になれる希望の光を、これまで親の望む通りに生きてきた真緒が、自らの意志でつかもうとしていた。

「私も亨さんと……、あなたと生きていきたい」

自分の決意を真緒自身にも伝える、力のこもった声だった。

「ありがとう」

亨は改まって姿勢を正した。


「真緒さん、私と結婚してくださいますか？」

決して自分を振り向くことなどないはずだった彼からのプロポーズ。真緒にとっては奇跡が起こった瞬間だった。


『あなたは理緒さんの代わりではありません』

『真緒さんがいいんです』

『私は互いへの愛情は、夫婦になってから育んでいけると信じています。夫婦の絆は二人で紡いでいける』

真緒は亨の言葉を心の寄る辺に、答えた。

「謹《つつし》んでお受けします」

「では、よろしくお願いします」

まるで大事な商談相手にでもするように、律義に、礼儀正しく頭を下げた亨に、真緒も深く頭を下げていた。

真緒がその後ろ姿を忘れられなくなったのは、いつもの亨とは明らかに様子が違っていたからだった。

第二章

●

あれは中学三年生の、夏休みに入ってすぐだった。真緒が自室の窓からふと庭に目をやると、佇《たたず》む人影が見えた。白いTシャツにデニムパンツの組み合わせは特別お洒落でもなんでもないのに、吸いよせられるように視線を持っていかれた。

(亨さん、あんなところでなにしてるんだろう?)

すっきりと緊《しま》った美しい背中と長い足の持ち主は、姉の婚約者だった。

三カ月に一度のペースで訪ねてくる彼に両親は、この家では家族の一員として自由に振る舞うよう言っていた。だが、彼が居間と姉の部屋以外の場所に足を踏み入れることはほとんどなく、庭に出ているのを見るのも初めてだった。

そんな亨の生真面目さは当時の真緒には息苦しく、ただでさえ外見、頭脳、身体能力とすべてがパーフェクトで近づきがたいのに、余計に遠い存在だった。五歳差ながら挨拶するだけでも緊張する怖い異性だったのだ。

だからこそ、そのぼんやりとした立ち姿が彼には似つかわしくないと感じた。顔は見えないがぼーっとして心ここにあらずという、やはり彼らしくない表情を浮かべていそうだった。

(何してるのかな？　目的もなくあんなところに突っ立ってる人じゃないと思うけど？)

謎が解けたのは、次に彼が遊びに来た時だった。

当時、市原家では海外赴任した親戚の飼い犬を預かっていた。ぬいぐるみみたいに愛らしいトイプードルだ。つぶらな瞳でウルウル見上げられると、家族の誰もが抱きしめずにはいられなかった。

しかし、亨は抱っこどころか撫でもしなかった。真緒には彼が意識して犬と距離を取っているように見えた。

(きっと動物が苦手なんだ)

真緒はそう思い込んでいた。

ところがその日、離れた場所から犬に向けられた彼の視線が、とても柔らかなものであることに気がついた。遠慮がちに余所《よそ》の子供を見守るような、温《ぬく》もりのある眼差しだ。

「亨さん、犬が苦手なわけじゃないんですね。どうして触らないんですか？」

真緒は勇気を出して尋ねてみた。真緒が亨に自分の方から話しかけたのは、この時が初めてだった。

返ってきた答えは、真緒には少しびっくりするものだった。


「抱いたり撫でたりしていると、自分でも絶対に飼いたくなるからね。それは困る」

「困るって、どうして？　お父様かお母様のどちらかが動物が駄目とか？」

「そうじゃないんだ。ウチは両親ともに仕事で忙しいし、僕も大学や塾のバイトで家にいられる時間が限られているだろう。面倒をみる者が誰もいない」

「お手伝いさんは？　通いの方がいらっしゃるんですよね。前にすごく美味《おい》しい料理を作ってくれるから食事が楽しみだって姉に話してたの、聞きました」

「他人まかせにするのは、違うと思う。飼い主が責任をもって面倒をみられないなら、生き物は飼うべきじゃないよ。半分ほったらかしにされた個体よりも手をかけてもらった個体の方が、より大きな幸せを感じて、長生きもするんじゃないのかな」

「幸せ……」

真緒の脳裏に、庭に一人佇んでいた彼の不思議な後ろ姿が浮かんだ。亨さんらしくないなあと首を傾《かし》げていた謎が、パチンと弾けた。

「花もですか？」

「うん？」

「亨さんは花も手をかけ世話をしてあげたい、その方が動物と同じで植物も幸せだって思ってるんですか？」

「そうだね。だからウチにはフェイクの観葉植物しか置いてないんだ。本物はかわいそうだからね。いくら手がかからないと言っても、ろくに眺めてもらえない、時には触れて可愛がってももらえないでは、葉の茂り具合や色つやも悪くなると思うんだ」

「そうですね」

「こういう話をすると科学的な根拠があるわけでもないのにこだわりすぎだと、友達には呆《あき》れられる」

「私は素敵だと思います。だって、それだけ亨さんが生き物に対して愛情を注いでいる証拠でしょう？」

　真緒は本当にそう思った。ペットについて語るのに個体などという単語を使う彼は、一見、動物を物として扱っているようでいて、実際は反対だ。人一倍情が深いからこそ、自身が無責任な行動をとらないよう常に戒めている。

気がつけば亨の印象が大きく変わっていた。真緒は亨の厳しさのなかに、彼らしい真っ直ぐな誠実さを見るようになっていた。

(そう……。あの日の亨さんは、庭の花をただ眺めていただけなんだ)

日頃ゆっくり向き合うことのない緑を、その瞳いっぱいに映していたに違いない。市原家の夏の庭に散りばめられた、たくさんのビタミンカラーの花たちも一緒に。

ぼんやり立っていると見えたのは、力を抜いてリラックスしていたのだろう。

(あんなふうに隙だらけの時って、めったにないのかもしれない。よほど疲れていたのかな?それとも大学で何か嫌なことでもあった?)

想像しているうちに、真緒の心のなかで亨との距離がぐんと近くなった。気軽に話しかけられない眩《まぶ》しい異性であることに変わりはなかったけれど。

それからの真緒は、亨が来る日には家のなかのあちこちにできるだけ花を飾るようにした。ペットのトイプードルも、以前は亨から遠ざけなければと気を遣っていたのを、真緒が抱いてさり気なく彼の近くにいるようにした。

亨と心の距離が近づいた分だけ、今まで見えていなかったものが見えてきた。彼の、ほとんど崩れることのない冷静沈着な表情のなか、束《つか》の間《ま》、瞳の奥に灯る優しい光に、真緒はしばしば惹きつけられた。

●

決して家柄やルックス、社会的地位や経済力で亨を好きになったのではない。彼への恋情はあの頃の自分のなかから生まれたのだと……、胸の奥深くに閉じこめても尚《なお》、想いはすくすくと育ち、自分の心をいっぱいにしてしまったのだと——亨のプロポーズを受けた今日、真緒はそのことを思い出し、初めて自分を振り向いてくれた彼の眼差しとともにしっかりと胸に刻みつけたのだった。

「亨さんと真緒がやりとりしている間ね。真緒の表情がどんどん真剣なものに変わっていくのに気がついたのよ」

亨が帰った後、姉妹二人きりになった喫茶店で。短い沈黙を破って口を開いた姉は、真緒の気持ちの変化を正しく感じ取ってくれていた。

「今まで見たことがないぐらい、真緒は一生懸命だった。彼に話す言葉にしても、一言一言に決意のようなものがこもってたの。とても私が口を挟める雰囲気じゃなかった。あなたを見守るしかできなかった」

理緒は真緒に「亨との結婚をやめろ」とも「もっとよく考えてから決めろ」とも言わなかった。妹と目を真っ直ぐに合わせて、大切なことだからとふたつだけ質問をした。

「彼を愛しているの？」

真緒は大きく頷いた。

その拍子に、熱いものが頬を伝った。

「本当に本気なのね？　後悔はしない？」

涙と一緒に込み上げてきた感情には、喜びだけではない。希望や期待や不安や心細さや。一言では片付けられない色々なものが混じっていた。それでも真緒は、さっきよりも大きく頷いていた。

「わかった！」

理緒は真緒の方に少し身を乗り出すようにして、にこっと笑った。そうして、「だったら応援するよ」と宣言してくれた姉が、真緒には嬉しかった。これほど力強い味方はいなかった。

理緒は紅茶のおかわりとチョコレートケーキを二人分頼んだ後、おもむろに腕を組んだ。

「お父さんたちは問題ないと思うんだけど」

考え込む様子の理緒に、真緒は慌てて濡《ぬ》れた頬を拭った。

「お姉ちゃん、本当にそう思う？」

「亨さんにも真緒にも結婚する意志があって、私がそれを了承してるんだもの。文句はないでしょ。婚約破棄のままだと大惨事の大問題に発展する可能性があったけど、無事回避ね。お父さんもお母さんも、むしろほっとして喜んでくれるんじゃないかな」

「よかった」

両親に許してもらえるかが真緒には一番心配だったので、姉に大丈夫と言ってもらえて胸をなでおろした。しかし、理緒の寄せられた眉はまだ開かない。

「お姉ちゃん？　ほかになにか問題ある？」

「亨さん、二人の絆は結婚してから育てるなんて自信たっぷりに言ってたけど、そううまくいくかな」

「え……？」

亨の言葉をそのまま受け入れ、疑いもなく信じていた真緒は息をつめた。姉を見つめる。

「二人の相性が悪かったら、けっこう難しいんじゃない？　私の友達にもいるんだ。愛し合って結婚したんだけど、一緒に暮らすようになったら合わないと感じる場面が増えたんだって。上手《うま》く譲り合いもできなくて、喧嘩《けんか》ばっかりしてるうちに二人とも疲れてしまって、結局別れたのよ」

（相性？　私と亨さんの？）

鼓動の跳ねた胸が、もう悪かった場合を想像し、ショックを受けている。ズキズキと痛みまで感じている。

「真緒は私の許嫁としての彼しか知らないよね。彼がどんな人間か、真緒にとってどんな男なのか、まだよくわからない。でしょ？」

「うん」

「私にとっての本郷亨は、一筋縄では攻略できそうにない男」

「サイボーグだったんだもんね」

やはり本気でそう思っているらしく、理緒は否定しなかった。

「真緒は違うんでしょ？」

理緒は真緒の瞳を覗き込む。

「あなたはその目で、私の目には映らなかった彼《サイボーグ》の素敵なところを見つけたんだよね？　だから彼に惹かれたんでしょう？」

「……うん。でも……、私の知らない亨さんはまだ何人もいる気がするの」

理緒はようやく安心した表情を浮かべた。

「真緒がもっと彼を知りたいって積極的になれるなら、大丈夫かな」

「知りたい。知るのが楽しみ」

姉は妹に、亨を知る機会をたくさん作りなさいとアドバイスした。

「あなたを彼に知ってもらうチャンスでもあるんだから」

「私を知ってもらう……」

「当然じゃない。だって、真緒の目標は自分が彼を愛しているのと同じぐらい、彼にも愛してもらうことなんだよ」

真緒は心臓を熱い手でつかまれた気がした。姉の言葉が、心のどこかにまだ隠れていた真緒の一番の願いを引っ張りだす。


亨に愛されたい。


(夫婦の絆を育むなかで、本当に愛してもらえるようになるんだろうか?)

でも、どうやって? どんなふうに?

亨との結婚が決まったこと自体、真緒にはまだ実感がほとんどないのだ。その先の二人をうまくイメージできなかった。

「彼にも、もっと真緒を知りたいと思ってもらえたら、目標に向けて一歩も二歩も前進よ!」

「そうなの?」

「ね? 真緒の方からデートに誘ってみたら?」

「えっ?」

デートの一言に、真緒は動揺した。

「彼、超絶忙しいから、アポとるの大変かもだけど」

「私からデートに？」

私たち結婚するのよ。デートごとき余裕よ、余裕ー！　という心境には、まだとても到達できない真緒なのだった——。


「お姉ちゃんとは、どんなところに行ってたの？」

結局、どうしていいかわからず右往左往している自分を隠す余裕すらない真緒は、素直に姉を頼った。

「そうねぇ。博物館に美術館でしょ。あとは、音楽も含めたアート系のイベントが中心だったかな。思い返してみると、お互いの好みは横に置いておいて、その時々で新しいものや話題性のあるものを選んでた気がする。たぶん、二人で一緒に楽しむためじゃなく、知識欲を満たすのが目的だったのね」

「そう……」

「デートの締めに食事をしたりお酒を飲んだりするでしょう。あれも恋人同士の楽しいおしゃべりなんかじゃなかったかもね。それぞれの感想や意見をぶつけて議論する場、ミーティングタイムだったな」

知識欲とかミーティングタイムとか。真緒の頭ではデートと結びつかない単語ばかりだ。そもそも、

「そういうデートじゃ、私は力不足だよ。亨さんの相手をする自信ない」

真緒は亨とのデートを楽しむ自分を、すんなりイメージできないでいる。

「そこまで大げさに考える必要はないと思うけど」

理緒は手つかずのままのケーキを、テーブルに落ちた真緒の視線の先に皿ごと押しやった。「どうぞ。好物を食べると気持ちもあがるわよ」

「うん……」

「私と比べることはないでしょ。真緒は真緒、私とは違うんだから」

「――だね」

ケーキをカットする真緒のフォークに思わず力が入った。

「真緒は彼とどこに行きたいの？」

「私は……。そうだなあ。遊園地や水族館かな。動物園も楽しそう」

理緒はうんうんと、また腕組みをする。

「ごくフツーに定番スポットだよね。でも、あの人の場合――」

一瞬、真緒のケーキを口に運ぶ手が止まった。思案顔の姉を見つめる。

「そういう場所は子供が行くところ、家族で行くところだって、頭のなかできっちり定義付けしてそう」

(確かに……)

好物なのに、やっと口にしたケーキはろくに味がしなかった。

「大丈夫。自分からは進んで行かない場所だから、かえって新鮮で喜ぶかもよ?」

(遊園地ではしゃぐ亨さん……。想像できないな)

「本郷亨はサイボーグでも紳士だから、どこに行くにしろ、婚約者になった真緒が誘えば断らないと思うんだよね。うん、そこは心配してないんだ」

理緒はデートを提案しておいて無責任だけれど、亨とはどこへ行くか以前に約束を取り付ける方がはるかに難しいという。

「真緒には話したことあるけど、彼、一大グループの跡取りとして、幼い頃から学ぶことがいっぱいあったんでしょう。学生の時も社会人になってからも、スケジュール帳は常に予定で塗り潰されてる感じなのよね。私的な電話をゆっくりしている時間もない、みたいな。そのくせプライベートのつき合いはメール中心の味気ないものにしたくないって、ちょっと古臭い考えの持ち主なのよ」

面倒になった理緒は、早々に自分の方からデートに誘うのはあきらめたという。以後、待ちの姿勢にチェンジした。

「彼の身体が空くタイミングでかかってくる電話を待ってたの。一カ月や二カ月顔を見ないのも、珍しくなかったわよ」

「ハードル高そう」

真緒は力なくフォークを置いた。

「でもねぇ」

理緒の真緒に向けられた表情《かお》は、なぜか楽しげなものだった。

「それだって彼の方に私に会いたい気持ちがあれば、状況は違ったと思うのよ。多少の無理はしてでも、彼は私との時間を作ったでしょう」

「お姉ちゃん……」

「真緒はこれからよ。頑張ってね」

真緒と亨に、自分の時とは違う始まりを期待している笑みだった。

(そりゃあ亨さんが私と会いたいと思ってくれてれば、デートもすぐにしてくれるだろうけど、それはないかなあ。だって、彼の私への愛はゼロスタートなんだもの)

どう考えても真緒にはますますハードルが高くなってしまった。

そして実際――姉の期待を裏切り、真緒は出だしから躓《つまず》いた。理緒が心配した通り、デートに誘いたくても亨とゆっくり電話をするチャンスすらつかめなかったのだ。

亨にプロポーズされてから半月ほど経《た》った、五月半ばのその日――。

真緒は、姉が聞けばきっと驚くだろう場所にいた。

本郷グループの本社ビルだ。取締役であり、父親の秘書としても働く亨のオフィスも、このビルの上階にあった。

応接室に通された真緒は、緊張ではちきれそうな心臓を抱えて亨が現れるのを待っていた。

腕時計を見る。立ち上がって、もう何度目かもわからなくなった服装チェックをする。すべての動作がロボットめいてぎこちないのが、自分でもわかった。

まだ午前十時を回ったばかりだった。真緒がなんとかもぎ取った面会のチャンスは、三十分もないかもしれない。でも、それで十分だった。五分もあれば、亨にデートを申し込むというミッションは完了する。

今日、真緒は仕事を休んでここに来た。大学を卒業した去年、父の紹介で入社した商事会社は、大手だけあって社内コンプライアンスが重視されており、突然の欠勤を願い出ても嫌味《いやみ》を言われたり冷たい目で見られたりはしない。

（それでも病気だって嘘ついて休むのは良くないよね。ごめんなさい。だけど、嘘ついてでもこ

うしたかったから）

時間ができたらこちらから連絡する、それまで待ってほしいという亨は、真緒に無駄な手間をかけさせたくないと気遣ってくれているのだろう。だが、言葉通りおとなしく待っていては、結婚前の貴重な時間がどんどん過ぎてしまう。

（そんなのもったいない。だって結婚前に少しでもお互いをよく知っておいた方が、それだけ結婚後の生活もうまくいくはずだもの。夫婦の絆も強くなる）

今までの真緒ならきっと亨の言うことを守って大人しく、ひたすら連絡を待ち続けていた。

真緒に自分でも思いもかけない一歩を踏み出させたのは、幾度となく思い出している姉の言葉だった。

「亨さんと真緒がやりとりしている間ね。真緒の表情がどんどん真剣なものに変わっていくのに気がついたのよ。今まで見たことがないぐらい、真緒は一生懸命だった。彼に話す言葉にしても、一言一言に決意のようなものがこもってたの」

亨との幸福のために変わろうとしている自分を、姉は教えてくれた。

彼をもっと知りたい。私のことも知ってほしい。その先に彼に愛される未来があるなら、今までの自分を変えてしまえるぐらい頑張りたい。

真緒は今朝一番に職場に病欠の連絡を入れた後、仕事中であろう亨に勇気を振り絞って電話をかけた。

『会っていただけるなら、五分でも十分でもいいんです。早くても遅くても何時でもかまいません。お願いします』

待つのをやめた真緒は、彼の仕事のわずかな空き時間を狙って、正式にアポイントを取る作戦に出たのだった。

職場まで押しかけるのはルール違反だ。この部屋に入ってきた亨が、いつもと変わらぬ落ち着いた表情を見せてくれるとは限らない。もし、彼に不快な思いをさせたとしたら？　彼が怒っていたら？

真緒は息をつめ、膝の上の両手を強く握りしめた。

じっと緊張に堪えている真緒は、彼が現れるまでの一分一秒ごとに膨れあがる不安とも戦っていた。

それでも真緒は亨に伝えなければならなかった。結婚に向け一日でも早く、少しでも長く二人の時間を持ちたい自分の気持ちを伝えて、デートの約束を取り付けなければならなかった。

ついこの間まで姉の婚約者だった人と、片想《かたおも》いのまま結婚する。愛しているけれど、愛される保証もないまま彼の妻になる。

そんな、大きな覚悟が必要な人生に踏み出すには、強力な次の一手が必要だったのだ。気が小さく消極的な今までの自分が聞いたら絶対に止めるだろう、わがままな一歩が。そのためならルール違反のひとつやふたつ、やってのける覚悟だった。


「どうしたんですか？　何があったんですか？　ひょっとして、私たちの結婚に関わることですか？」

足早に部屋に入ってくるなり亨が緊張した面持ちで尋ねたのは、会社まで押しかけてきた真緒に驚いただけではない。真緒の必死の決意が顔に出ていたからに違いなかった。

「お願いがあってきました」

真緒が突然の訪問の目的を告げると、ほんの一瞬、亨の面にきょとんと不思議そうな表情が浮かんだ。

「デートの約束をしに？」

「はい」

「会社は？」

「休みました」

「それだけのために、ここに？」

「ごめんなさい。仕事中に押しかけて迷惑をかけているのは謝ります」

真緒は頭を下げた。逸らしてしまいそうになる視線をなんとか頑張って彼に向けた。少しでも逃げたら、自分の願いは伝わらない。

「でも、私たち、結婚前にお互いをできるだけ知っておいた方がいいと思うんです。夫婦となって、より良いスタートを切るためにも。だから、デートしたいんです。今の私たちにとっては何をしても決して無駄にはならない、大切な時間だと思うから。私……。私は——」

亨が必死の真緒を見つめている。ほとんど変化のない落ち着いた表情は、周りの目には相手を冷たく突き放しているように映るかもしれない。けれど、真緒にはわかる。亨は自分の思いに真剣に耳を傾けてくれている。

「私は亨さんのことをもっと知りたいし……、私のことも知ってほしいと思ってて……」

「真緒さん……」

自分に向けられた亨の眼差しが、ふわりと和らいだ。真緒の速い鼓動は、ますますスピードをあげる。

「あ……あの……、私、実はちゃんとしたデートってしたことなくて……」

真緒は次第にしどろもどろになってきた。

「結婚した後では恋人同士のデートじゃなくなっちゃうから、その前に経験したいなあって憧れもあるというか……」

手にしたファイルをデスクに置いた亨が、近づいてくる。

飛び跳ねる胸の鼓動は、今や痛いほどだった。

「真緒さん」

「は、はい」

「真緒さんについて、さっそくひとつ発見しました。あなたの新しい顔を知りました」

「え……」

「いつも理緒さんの後ろに隠れるようにしていたあなたには、何事にも控えめな印象を抱いていましたが、どうやら違っていたみたいですね。私とのデートにこんなに積極的になってくださるとは、嬉しい驚きでした」

返す言葉につまった真緒に、亨は聞いた。

「デートではどこへ行きたいですか？」

「ゆ……、遊園地は……？」

「遊園地ですか」

真緒の希望を淡々と受け止めた亨は、姉の予想通り、大人同士で遊びに行くところではないと考えているようだった。彼自身、長じてからは足を運ぶ機会もなかったのだろう。

亨はふと窓の向こうに目をやった。幾重にも続くビル群の上、銀色の輝きを降り零《こぼ》している空は、胸がすくような青一色に塗り潰されている。

「遊園地は、こんなに天気のよい日は平日でもにぎわっているのでしょうか」

(亨さん……?)

真緒は亨の横顔に、今も忘れられない、庭に一人佇む彼の後ろ姿を思い出していた。

(毎日、忙しいだけじゃなくて大変なんだろうな。大きな仕事をまかされてやりがいがある分、背負う責任も重大だもの。上手く息抜きしないと、潰れちゃうよね)

「童心に返って、一時何もかも忘れて遊ぶのは、良い気分転換になりますよ」

真緒は迷っている亨の手を引っ張るつもりで、思い切って言ってみた。彼の肩がピクリと揺れ、視線が真緒に戻ってきた。

「仕事への活力も湧いてきます」

「私、そんなに疲れた顔してますか?」

急に黙ってしまった亨に、真緒はうつむき小さくなった。

「真緒さんが初めてです。今までそんなふうに誰かに気遣われたことはなかった。どうも周りの目には高性能のロボットみたいに映ってるらしくて」

「ごめんなさい、私……」

会社での彼のことなど何ひとつ知りもしないのに、余計なお節介だった。

「行きましょう、遊園地」

突然、亨に手を握られ、真緒は大げさではなく飛び上がった。

「これから行きましょう」

「これ……？　えっ？　これから？」

「ええ、これからです」

（うそ……？）

「初めてのデートですね」

デートの約束をしてもらえても、忙しい彼の事情を考えれば予定は一週間先か十日先か。その程度日が空くのはしかたがない。すっかりそのつもりでいた真緒は、半ばポカンとして亨を見上げた。


平日とはいえ幼い子供を連れたファミリーや学生のグループで、園内はそれなりに混んでいた。

皆、走っても転んでも多少行儀が悪くても問題のないラフな格好で楽しんでいるなか、スーツ姿の亭は目立った。それも見るからに上品で上質な上下を、男性ファッション誌のグラビアから抜け出してきたかのごとく端正に着こなしているのだから、余計に人目を——特に女性たちの視線を集めずにはおかなかった。

入園ゲートをくぐった時には少し居心地が悪そうにしていた亭は、だが、時間が経つにつれリラックスして遊びに集中できるようになっていった。

「コーヒーカップには、真っ先に乗りに走りましたよ。当時一番のお気に入りだったんです。英語圏ではティーカップと呼ぶのが基本だそうですが、私の家ではコーヒーカップでした」

一生忘れられないだろう初デートで亭が連れて行ってくれたのは、彼が子供の頃に何度か遊びにきたという遊園地だった。

「ここのアトラクションのなかでも、もっとも歴史があるのがこのメリーゴーランドなんです。アール・ヌーヴォー様式の彫刻や装飾の文化的価値は、世界的にみてもとても高い。でも私は馬のあの剥《む》き出しの歯が怖くて、今にも噛《か》みつかれそうで、どうしても正視できなかった。乗りたいのに乗れないジレンマに陥り、ずいぶん悩まされました」

子供の頃の思い出を辿《たど》って次々とアトラクションを攻略していった亨は、最初のうちは乗るたびに服装をチェックし、乱れていれば直していた。キザなカッコつけではない。人前ではきちんとした格好をするのが礼儀だと考えているからだろう。それが——。

「気持ち良かったですね。十数年ぶりですが、びっくりするぐらい爽快でした。身体に溜《た》まっていた嫌なものも一緒に、どこかに吹き飛ばされてしまった気分です」

得意だという絶叫系コースターに二度も乗って降りてくる頃には、よれたスーツも右に曲がったネクタイも、たいして気にしなくなっていた。フードコートでの昼食が二時近くになってしまったのも、相変わらず表情にはほとんど出ないが、亨が遊ぶことに熱中している証拠だった。

「急にお休みを取って、本当に大丈夫だったんですか？」

突然のデート展開が信じられなくて、どこかまだ気持ちが追いついていない真緒は、ずっとそのことが気がかりだった。

「大丈夫ですよ。真緒さんは心配しないでください」

食事時を外した野外のフードコートは、テーブルの三分の二が空いていた。二人とも特製野菜スープとセットになったオムライスを食べている。

「幸い今日は、日時の調整のきく予定ばかりだったので」

亨はようやくネクタイの歪《ゆが》みに気がつき、手にしたスプーンを置いた。男性にしてはほっそりとした形のいい指が、優雅な動きで胸もとに伸びる。最近の若者には敬遠されていると聞くネクタイピンも、彼が付けると格段にお洒落だった。飾りのないシンプルなデザインのそれは、フードコートには少々もったいない、三つ星レストランにこそふさわしい硬質な輝きを放っている。

「実は以前から率先して有休を取るよう、うるさく言われてたんです。その方が下の人間も取得の敷居が低くなるからと」

「それはそうかもしれないですね」

亨の話に耳を傾ける真緒の胸に、幸せとも呼べそうな喜びがゆっくりと広がっていく。彼の新しい顔をまたひとつ見つけたからだ。

(亨さんは、興味のあることや好きなことには一気にのめり込める人なんだ。仕事もそう。忙しくて時間がいくらあっても足りないのは、やるべきことがたくさんあるだけじゃない。やりたいことも同じだけあって、夢中になってる自覚もなく頑張りすぎちゃうからかも)

スプーンを再び手に取った亨が、とろけた卵の乗ったケチャップライスをひと口食べ、感心した口調で呟いた。

「これ……、本当に美味しいな」

真緒もつられてひと口食べた。

（ん～？　そんなに美味しい？　まずくはないけど、大抵のお店で食べられる味のような……）

「亨さん、オムライスが好きなんですか？」

真緒はてっきりそう思った。

「いや、好物というわけでは」

亨は自分の食事事情を説明する。朝食は手軽に栄養ドリンクで済ませることもあるが、昼と夜はそれなりにきちんと食べている。しかも、コンビニ弁当やスーパーの惣菜《そうざい》類の出番は意外と少ない。

「私の場合、食事の場が接待や事業に役立つ交流の場になることもしょっちゅうなんです」

「じゃあ、一流のコース料理も出せるレストランや料亭での食事なんですね。メニューも豪華で栄養的にも問題なさそう」

「いくら充実していようと、私にとっては仕事の一環、義務感で食べていたんでしょう。少しも味わっていなかった。その事実に今日気づかされました」

真緒は目を見張った。

（亨さん……、笑ってる？）

亨の口元に上った淡い微笑みに気づき、思わず見とれてしまった記憶は、過去にも幾度かあった。どれも大切な思い出として、真緒の胸にしまってある。だが、真緒は亨が初めて素の笑顔を覗《のぞ》かせてくれたと思った。

「このオムライスを美味しく感じるのは、今の私が心の底からリラックスして食べるのを楽しんでいる証拠です」

一匙《ひとさじ》一匙大事そうに食べる亨を見ているうちに、真緒も一緒に完食していた。

「ありがとう、真緒さん」

席を立った時、亨は真緒と向き合った。

「あなたの助言の通りでした。澱《おり》になって溜まっていた疲れがいつの間にか吹き飛んで、やる気が蘇《よみがえ》ってきました」

(ちょっと……、近い……んですけど！)

真緒は心のなかで戸惑いの悲鳴をあげていた。恋人同士の距離感にまだまったく慣れていない真緒は、彼と一緒にいるだけでいっぱいいっぱい。入園ゲートをくぐった瞬間からほかの心配事もなにもかも——たとえば大の苦手のジェットコースターに乗る恐怖さえブッ千切ってしまうぐらい、胸はドキドキ高鳴りっぱなしなのだから。

「真緒さんがいなければ、私がここを訪れる機会はきっと巡ってこなかった。もし、来たいと思ったとしても、一人ではどうしようか、迷った末にあきらめたでしょう」

(——?!)

真緒の鼓動がひと際大きく跳ねた。

亨に手を握られたからだ。

「あなたのような人が結婚相手で、本当によかった」

朝のオフィスで一度握られているとはいえ、まだたったの二度目だ。真緒にしてみれば初めて彼に触れられたのも同じで、平静でいろという方が無理だった。

「真緒さんとなら、上手く関係を築いていける自信がついてきました」

（ああ……、せっかく……）

せっかく彼が信じられないような嬉しい台詞を聞かせてくれているというのに、ドキドキしすぎて喜びに浸る余裕もなかった。

「どうしました？　顔が赤いですね」

「……っ」

しどろもどろになった自分が彼の目に映っているかと思うと、真緒は頬と言わずおでこと言わず鼻の頭にまで熱いものが散らばるのを感じた。

亨の視線が二人の手元に落ちた。

「？　手を繋ぐぐらい、恋人同士なら中学生でもしているでしょう？」

「……そう……です……けど……」

手を繋ぐだけでこのザマなのに、

（この先、彼と恋人としてちゃんとやっていけるのかな？）

しかも、その恋人からほとんど日を置かず、夫婦になるのだ。心だけでなく身体でも絆を結べるのか。やはり真緒にはすんなりイメージできない。

真緒のなかでまた焦りと不安が膨らんだ。二人の関係を上手く築いていける自信がついたという亨とは反対に、真緒は自信を失いそうだ。

「……あ……の？」

亨が真緒を見ていた。

（……亨さん……？）

薄く開きかけた唇が、何か言いたそうにみえた。

長身の彼が少しだけ背を屈《かが》め、そっと真緒に顔を寄せてくる。

まるで少女漫画のワンシーン。

彼の唇が真緒の唇に重なった。

真緒は驚きのあまり瞬《まばた》きもできず、大きく目を見張っている。

ほんの数秒が、真緒には永遠のはじまりのように永《なが》かった。唇が頬をかすめ離れていく気配に、真緒は我に返った。込み上げてきた恥ずかしさに呑《の》み込まれる。真緒は思わずうつむいていた。

とても彼と目を合わせられなかった。

「こんな……、みんなが見てるところで……」

亨を責めているわけではなかった。驚いているのだ。亨は人前でいきなりキスを奪うようなタイプではなかったから。戸惑う真緒を前に、

「確かに……。マナー違反ですね」

亨も、たぶん困惑している。自分で自分の行動を受け止めきれていない様子だった。

なぜ、キスしてしまったのか？

その理由を冷静に考え、筋道立てて答えをだそうとしているのだろう。彼は黙り込んだ。

「行きましょう」

ややあって、亨は改めてというふうに真緒の手を握り直した。答えが出なかったのか、考えるのをやめたのか。キスについてはそれきり触れずに、

「後半戦は、さっき回れなかったところを全部回りましょう」

亨はまだ赤くのぼせた顔つきをしている真緒を連れ、歩きだした。


ずっと繋いだ手を意識していた。頬を火照らせていた熱が彼に握られた右手に移って、そこだ

けが燃えるように熱かった。

出口を求めて彷徨《さまよ》う『大迷路』でも、部屋の壁がぐるぐる回る『びっくりハウス』でも、何かの拍子に手が離れた時があった。すぐに彼の手が真緒の手を探して伸びてきた。前よりも強い力で握られ、引き寄せられた。

「ひゃ……あ」

お化け屋敷でもそうだ。首筋をいきなり冷たいもので撫でられ真緒が悲鳴をあげた時、彼は繋ぎ直した手を引いた。すぐさまもう片方の手を真緒の背中に回して、抱き寄せた。

「大丈夫です。私を頼りにしてください」

「……はい」

まさに蚊の鳴くような声でやっと返事をしたものの、真緒の心のなかはもはやお化けどころではなくなっていた。


初めて触れる彼の広い胸と。

ほのかに香る、彼の甘く青い匂いと。

恐怖の感情など、あっと言う間に消し飛んでしまった。

(亨さん、ちっとも大丈夫じゃないです)

お化けに飛び上がった鼓動は、今は彼のせいで乱れている。息が苦しくなるぐらい速く大きく打っている。

自分の方からそっと身体を離した真緒は、繋いでいた手も離そうとした。抑えることのできないこの胸の高鳴りが、握られた手を通して彼に伝わってしまうかもしれないと思ったからだ。それなのに——。

「みんなこうしてますよ、恋人同士は」

亨は耳打ちして、どうしても真緒を離してくれなかった。


「真緒さんが乗りたいと言っていた観覧車、日が落ちる頃合いに乗るのが一番ロマンティックだそうです。さっきほかのカップルが話しているのを盗み聞きしました」

真緒の夢は叶《かな》った。亨との遊園地デートの最後は、映画でもドラマでも定番の観覧車だった。

ずっとドキドキが止まらなかった心臓は、酷使しすぎて寿命が縮んでしまったけれど、それでも懲りずにまだ速い鼓動を打っている。

(本当に夢みたい)

丸い大きな窓から眺める景色までが夢のようだ。建物も遊具も立ち止まってこちらを見上げる人の姿も、ゆらゆらと落ちる茜色《あかねいろ》の陽に染められ、ほんのりロマンティックに輝いている。今日、初めて足を踏み入れた別の世界のようだ。

「綺麗《きれい》ですね。仕事場から眺める景色と同じ地上にあるとは思えない」

繋いだ手を真ん中に隣に座った亨は、反対側の窓の向こうに視線を投げていた。

(亨さんの目にもこの景色が、同じように映っているんだ)

真緒は嬉しくなった。

「そちらの方が高い建物が少なくて見晴らしがいいな」

真緒はドキリとした。彼が真緒の肩ごし、身を乗り出すようにしてこちらの窓を覗いたからだ。

「今日は楽しかった。真緒さんは?」

(亨さん、近づきすぎです!)

お化け屋敷で抱きしめてくれた腕のたくましさが蘇る。今度は繋いだ手から頬やうなじへと、熱いものが散っていく。

「真緒さん?」

「え? あ、ごめんなさい。なに……?」

真緒はつい伏し目がちになる。きっと自分はまた赤くなっているのだろう。そう思うと、ますます顔のそこかしこが熱くなってきた。

「デートは楽しかったですか?」

「はい……」

真緒は自分に注がれる彼の視線を痛いほどに感じていた。

「次はどこに行きましょう？」

「……次もあるんですか？」

「ないんですか？」

「……私は……あると嬉しいなって……」

食事の後にキスされた時もそうだった。少しも離れていかない視線に、真緒は顔を上げられなくなる。

「真緒さん。私はまたひとつ見つけました」

彼の声が、さっきよりもずっと近くで聞こえた。

「恥ずかしそうにしているあなたは、とても可愛い」

（かわ……？　え？）

「だから、そのことに気づいたあの時、私は自分たちがどこにいるかも忘れてキスしたくなってしまったんです」

彼が教えてくれた突然のキスの理由は、真緒の体温をはね上げるのに十分な力を持っていた。

「真緒さん……」

秘密めいて囁《ささや》く声が真緒の名を呼んだ。

火照った頬に感じた冷たいものは、彼の指だ。

静かに顔を上向けられる。

真緒に軽く唇を重ねた彼が言う。

「あなたがまたそんな表情《かお》をするから……」

亨は真緒のこめかみに口づけた。

「もう一度だけ、いいですか？」

見つめる眼差しに思わず瞼《まぶた》を閉じたのが、返事のかわりになった。


最初はただ優しく重ねるだけだった唇が、少しずつわがままになる。

真緒の唇を撫でる仕種《しぐさ》で動き、次には柔らかく吸った。

そうするうちに緊張で強く結ばれていた真緒の唇が、ゆっくりと解けていく。

真緒が洩《も》らした熱い息を受け止めるように、亨は深く唇を重ねた。

甘く濡れた感触に、真緒は頭の芯まで痺《しび》れて身体中《からだじゅう》が熱くなった。


フードコートでのキスがままごとに思えるほどの、大人のキスだった。彼が離れていっても、真緒は動けなかった。酔いが回ったように頭も視界もぽわっとしている。

「そのままでは本当にトマトになってしまいますよ」

真緒の頬を、心地よい冷たさを宿した彼の指が撫でた。

「……真緒さん……」

彼の声が、指よりも優しく真緒の頬をくすぐった。

「困りましたね。これではこの先が心配です」

初めて聞く亨の色めいた甘い声音に、真緒の肩が小さく震えた。

「私たちは夫婦になるんですよ。もっとすごいことだってするのに……」

（え……）

彼の声を吹き込まれた耳が熱かった。

その台詞《ことば》が真緒との距離を縮めるための口説き文句なのか。それとも、真面目に二人の先行きを心配しているのか。真緒にはわからなかった。

トマトになってしまったかもしれない顔を、真緒はうつむいて隠した。亨が眩しくて、真っ直ぐに見る勇気もなくて……。彼の目の奥で揺れているかもしれない感情を探すこともできなかった。


閉園時間が迫っていた。ゲートへ続く広い道には、急ぎ足の人影も多かった。

前を行く女の子たちのグループが亨を振り返っては、何事か囁きあっている。きっと亨の男前ぶりにテンションがあがっているのだろう。当然のように、亨と手を繋いでいる真緒にも視線が向けられる。羨みの色の混じった、意地悪そうな視線だ。


「な〜んか地味じゃない？」

「子供っぽくて残念！」


洩れ聞こえてきた声に、真緒の胸はチクリと痛んだ。だが、小さな棘《とげ》のようなそれを抜き取る前に、

「真緒さん、夏には式をあげませんか？」

亨の突然の一言に、真緒は思わず足を止めてしまった。

「夏って……、あと三カ月しかありませんよ」

「ええ。でも、できるだけ早くあげたい理由があるんです。ひとつは、真緒さんには申し訳ありませんが、仕事上の都合です」


この秋、本郷グループ主催で海外のゲストを招いてのパーティがあるが、その場が重要な商談の前哨戦《ぜんしょうせん》を兼ねている。クライアントは保守的な考え方を持つ高齢の米国人夫婦で、亨の年齢だと妻帯していた方が心証が良く、ビジネスの成功にも繋がるという。

「そういう事情なら、早い方がいいですね。私が亨さんの妻として余裕を持って振る舞えるように、準備のための時間は少しでもあった方がいいでしょうから」

自分の口にした妻という単語に、真緒の心は波立つ。

(私に本郷亨の妻の役目が務まるだろうか？　亨さんの期待に応えられるだろうか？)

その合否を判定する試験的イベントが、秋には控えているということだ。

亨との結婚をまだ夢のように感じているその一方で、リアルな生活での現実感が少しずつ増していく。

「ウチのグループ系列のホテルであれば、すぐに手配できます」

招待するのは家族と親類縁者、限られた親しい人間だけ。

「お披露目《ひろめ》も兼ねた本郷と市原両家の社交上必要なパーティーは、結婚後に改めてセッティングしましょう。私たちではなく招待客が主役の会になりますから皆の負担も軽くなって、案外喜ばれるのです。私の友人の何人かが、そのスタイルを取りました」

「私の方は大丈夫です。両親も事情を話せば了承してくれると思います」

姉の予想通り、亨の結婚相手が妹の真緒に替わる報告を受けても反対しなかった父と母だ。本郷家と縁続きになることが、真緒にとっても家にとっても一番の幸福だと考えている。亨の意向には、よほどの問題でもなければ反対しないだろう。

「真緒さん」

「あ、はい！」

亨は足を止めたまま、繋いだ手を引くようにして真緒と向き合った。

「早く式をあげたい理由はもうひとつあります」

「はい？」

「私の気持ち的には、こちらの方が大きい」

（？　なんだろう？　できるだけ仕事に支障を来《きた》したくないとか？）

スケジュールの空くタイミングが、ピンポイントで三カ月後なのかもしれない。二十四時間夢中になれるほど仕事が好きな彼なら、そうした事情があってもおかしくない。勝手に納得した真緒に、亨は思いがけない理由を口にした。

「結婚しないと、私に真緒さんのすべてを自分のものにする権利が与えられないからです」

（……亨さん……？）

いったい今日は、どれだけ彼の言動に胸を高鳴らせればいいのだろう？

真緒はたった今聞いた亨の言葉を、心のなかで繰り返した。

二人の仲を近づけようとする彼らしい戦略的口説き文句だとしても、真緒は高鳴る鼓動を抑えることができなかった。

私たちは夫婦になるんですよ――と、観覧車のなかで甘く囁かれた時と同じだった。たとえどんな目的があったとしても、彼が自分に贈ってくれた言葉だ。

（それだけで嬉しい）

「真緒さんは、私たちはお互いを知る努力をもっとするべきだと言いました。私も賛成です。今日一日、二人で過ごしてみて強くそう思いました」

「同じ気持ちになってもらえて嬉しいです」

「努力するなかであなたには本郷亨という人間を知ってもらって、少しずつでも私を好きになってほしい」

真緒は思わず彼の手を強く握り返していた。自分から初めて、そうしていた。

（とっくにもう大好きなんです。だって私はずっと前からあなたに恋をしていて、結婚が決まった後もこの気持ちは毎日大きくなっていくの）

握り返した真緒の手に応えるように、今度は亨が指をからめて握りしめた。そんなささやかな変化にも二人の親密度が増した気がして、真緒の鼓動はまたとくんと打った。

「私も真緒さんのことがもっと知りたい」

「……本当ですか？」

亨は頷いてくれる。

（お姉ちゃんが言ってた。彼に知りたいと思ってもらえれば、一歩も二歩も前進だって！）

彼を愛するのと同じだけ彼に愛されたら、どんなに幸せだろう。

もしかしたらそれは、とても遠いところにあるゴールなのかもしれない。

でも、真緒には絶対に叶えたい一番大切な願いだ。

(勇気を出してデートに誘ってよかった！)

「私が今一人暮らしをしているマンションがそのまま二人の新居になるのは、知っていますよね」

「ええ。聞いています。去年、ご両親が良いところを見つけてご用意なさったんですよね」

「私になんの相談もない、ほぼ一方的な贈り物でしたが、暮らしやすいところではあるんです。駅近で徒歩圏に商店街や病院、公園などもあって生活環境は充実している」

(もしかして、部屋に誘ってくれるのかな？　もしそうならどうしよう。すっごい緊張しそう)

「どうでしょう？　式を待たずに一緒に暮らしませんか？」

「は……？」

「互いを知るためには、その方が効率的です」

(今……、なんて？　一緒にって？　ええっ？)

もしこれが漫画のヒトコマなら、真緒の心臓《ハート》は完全に胸から飛び出していた。

「私の仕事の都合で、朝と夜遅くしか顔を合わせられないかもしれません。それでも離れて暮らすのとひとつ屋根の下で寝起きするのとでは、二人で過ごす時間の長さがまるで違います。私たちの距離もずいぶん近くなる」

クールに、少しのためらいも見せずサプライズにもほどがある提案をさらりとしてのける亨が、真緒はちょっとだけ恨めしくなった。自分はデートの間中、亨の隣にいるだけで胸が苦しくなるような思いに振り回されているのに……。

今日、彼との関係は思いがけず進展した。だが、互いを想う熱量にはまだ大きな開きがあるのだ。

（でも、それは……）

最初から覚悟していたことだと、真緒は自分に言い聞かせる。

「安心してください。式をあげるまでは、私はあなたの夫ではない。一緒に生活することになっても、その点はしっかりわきまえて行動します」

（亨さん……）

真緒は小さく深呼吸をした。

待っていたらなかなか実現しないデートのチャンスをなりふりかまわず奪いにいったのは、真緒。なんとかコマを進めようと必死になって打った最初の一手に彼が手を添え、もう一歩先へと動かそうとしてくれている。

勇気を出して応えれば、今はまだ遠いゴールへと続く道も自然と拓《ひら》けてくるはず……。

（絆を育むって、そういうことですよね）

真緒は繋いだ手に決意の力をこめ、亨を見つめた。

「よろしくお願いします。私……、私、精いっぱい頑張ります！」

香りが静かに立ちのぼるように、亨が微笑んだ。

「こちらこそよろしく。今日、私が見つけた赤くなるとびっくりするぐらい可愛くなる真緒さんも、私に迫ってデートの時間をもぎとっていった行動派の真緒さんも、どちらも好きですよ。一緒に暮らすのが楽しみです」

第三章

「彼と一緒に暮らすようになって、もう一カ月は過ぎたのかな」

マスターは洗いものが終わると、真緒のところへやってきた。いったん黒いエプロンのポケットに入れた手を、真緒の前で開いて見せた。金色の紙に包まれたお菓子が三粒のっている。

「チョコレートだよ。紅茶のお供にどうぞ」

カウンターには、今夜は真緒一人。食後のお茶をゆっくり楽しんでいたはずなのに、気がつけばまた亨のことを考えていた。

「お客さんからの貰《もら》い物《もの》のおすそ分け。ビターだけど美味しいよ」

軽い食事もとれるこの喫茶店は、真緒の大学時代のアルバイト先だった。就職してからも、月に二、三度はこうして会社帰りに自然と足が向いていた。

なんと言ってもマスターの川添《かわぞえ》の存在が大きかった。卒業までの二年間働かせてもらっているうち、こうして好物のチョコレートをこっそりサービスしてくれるぐらい可愛がられるようになった。

ひと回り以上歳の離れた若い奥さんがいるという川添だが、本人も四十五歳という年齢にしては若々しいかと言えば、そうでもない。口の周りにヒゲを生やした、ちょっぴり太めの丸いフォルムがくまのぬいぐるみを思わせ、真緒のような若い女性客には店のマスコット的に愛されていた。

「どう？　プレ新婚生活は？　うまくいってる？」

「……たぶん……」

川添を慕って通う客が女性だけでないのは、彼が聞き上手であり、語らせ上手でもあるからだった。皆、誰かに聞いてほしいことを、いつの間にか川添に向かって話している。改まって相談するまでもないちょっとした心の呟きを誰かに受け止めてほしい、そのタイミングをつかむのが川添はうまかった。

亨との結婚が決まってからはいつも何かしらの感情に揺らされている真緒も、そんな心の一端を川添に打ち明けてきた。

一番の相談相手は姉の理緒だが、独立し、新しいスタートを切ったばかりの今は仕事に集中してもらいたかったし、余計な心配をかけたくなかった。姉のかわりを川添にお願いしているようなところもあった。

もちろん、重大な報告は——結婚前に亨と一緒に暮らす決心をしたことを一番に報《しら》せたのは、理緒にだ。

「ええ？　亨さんが言い出したの？」

「そうなの。デートも初めてなのに、いきなり一緒にだなんて、私もすごくびっくりして……」

「いや、驚くのはそこじゃないでしょ。注目すべきは、彼の方から二人で暮らそうって誘ってきたこと！」

「え……」

「あのサイボーグをそういう気持ちにさせたのは、すごい成果よ。やるじゃない、真緒！」

「そんなつもりは……」

「同棲《どうせい》で二人の関係は次のステージにレベルアップする。これで一気に進展するわね」

「一気に？　どうやって？」

「決まってるじゃない。身体で語り合いなさい、真緒。お互いの距離を縮めるには、一番の方法よ」

姉との会話が浮かんで消えて、

(身体で語り合うって……、そういう意味だよね)

真緒は秘《ひそ》かに熱い息をついた。口のなかの苦みがきいているはずのチョコレートが、なんだかやたらと甘かった。

(でもね、お姉ちゃん。残念ながら今のところそんな時間はないみたいなの)

遊園地で亨が予告した通り、二人が顔を合わせる時間は真緒が想像していた以上に短かった。

亨は、真緒がまだ眠っているうちに出勤することが多いうえ、二人で夕食のとれる時間に帰ってくることもめったになかった。二、三日不在になる出張もたびたびで、仕事の都合で会社近くのホテルに泊まったりと、そもそも帰宅できない日がこの一カ月の間にも半分以上を占めていた。

(それでも彼のプライベートに私だけが一緒にいられるんだもの。二人で暮らしている実感はあるの)

亨がそばにいなくても、たとえば洗面所で彼とペアのコップやタオルを見るだけで、なんとも言えず幸せな思いが胸に広がった。

6LDKの新居に置かれた家電や家具はすべて、入居する時、亨が結婚後を考え自ら揃《そろ》えたものだった。ただ、普段遣いの食器や日用品だけは妻になる人と二人で選びたいと、真緒が参加する余地を残しておいてくれた。コップもタオルもそうだった。

「たぶん、なの？　なんだか自信がなさそうだなあ」

マスターは詳しく知りたそうな表情をちらりと覗かせたが、それ以上は突っ込んで聞いてこなかった。

「仕事は辞めるんだったね」

「ええ。来週いっぱいで」

亨との結婚が決まってすぐ、退職の意志を会社に伝えていた。真緒は姉とは違い、結婚後は家庭を守ることで夫に寄り添い、支えたいと思ってきた。

理緒という仕事で輝く素敵な女性を長年身近で見てきて、亨の目にそんな自分はどう映るだろう？

彼をがっかりさせないだろうか？　私を迷いなく受け入れてくれるだろうか？

結婚が決まってからというもの真緒を秘かに悩ませ続けてきた不安を、亨は穏やかに諭す言葉で溶かしてくれた。

「今は共働きの家庭が多いのでしょうが、夫婦の形はそれぞれです。私は真緒さんの生き方を尊重したい。二人が納得して選んだ関係が、私たちにはもっともふさわしい形だと思います」

大きな問題もなく亨と二人きりの生活はスタートした。亨のそばにいる実感もある。だが今、姉に彼との関係は進展しているか？　と問われれば、即座に頷くだけの自信はなかった。

亨は時々、「行ってきます」や「おやすみなさい」のキスをしてくれる。

初めてした時のような、軽く触れるだけの優しいキスだ。

今朝も玄関で抱き寄せられ、口づけられて……。閉じていた瞼をそっと開くと、びっくりするぐらい間近に亨の目があって、自分を見つめていた。

「いつまで待てばいいですか？」

「え……？」

「私はいつも、あなたの方からキスしてくれるのを待っているんです」

普段と変わらない真面目な表情の亨に、本心から言っているのか、それとも亨流のジョークなのか。恋愛初心者の真緒には、残念ながら判断がつかなかった。

いずれにしてもとっさに何も返せなかった自分が、たとえ彼と二人きりの時間が増えたとしても、身体で語り合うなどという次元の違うアプローチができるかどうか。真緒は想像するだけで、まるで分不相応《ぶんふそうおう》な野望を抱いている気分になった。

（駄目。弱気は禁物よ。亨さんは歩み寄ろうとしてくれてるんだもの。私も頑張らなくちゃ）

亨に愛されるという大きな目標を前に、怯《ひる》んではいられない。

真緒は鬱陶しいほど火照ってきた頬を、両手で強く挟んで気合いを入れた。

「結婚したら、もうこんなふうに店には来られなくなっちゃうのかな」

川添のちょっと気弱そうな丸い小さな目が、寂しそうに真緒を見ている。

「どうしてですか？　亨さんは自分の妻になったからといって、私の自由を奪うような人ではないですよ」

「なに？　今度はのろけ？」

苦笑いするマスターは、でもなあと首を捻る。

「女もだろうけど、男には独占欲ってのがあるからなあ。相手をいつも手元に置いておきたい、そばにいたい。少しの間も離したくないっていう……」

（独占欲？）

真緒にはピンとこなかった。

「愛情が深ければ深いほど、わがままになるんだ。それが度を越すと、あいつみたいになる」

「あいつ？」

（ああ……）

真緒の脳裏に思い出したくもない男の顔が、ひょこりと浮かんだ。亨との将来を考えるのに忙しく、長く頭の片隅にあったその嫌な記憶もようやくどこかへいってくれたと思っていたのに。

真緒がバイトしていた当時、常連客だった男に一方的に好意を抱かれ、つきまとわれたのだ。警察に相談する前に力になってくれたのが、川添だった。長谷川《はせがわ》という名のその大学生《ストーカー》と話し合って、真緒の周りから遠ざけてくれた。

真緒のなかで川添が単なるバイト先の上司から頼りにしている親戚のおじさん的なポジションに変わったのは、この出来事がきっかけだった。

「長谷川の件はもう終わった話だ。本郷さんには黙っていた方がいいだろうね。今は二人にとって大事な時期なんだ。真緒ちゃんも彼に余計な心配をかけたくないだろう」

「そうします」

川添の言葉に真緒は大きく頷いていた。


(独占欲か……)

真緒はさっきから独占欲と亨の関係について考えていた。川添は亨にも、真緒を自分一人に縛りつけておきたい欲望があると言いたかったのだろうが、

(なさそうだけどなあ)

やはりピンとこない。

それどころか実はさっき——つい五分ほど前、ささやかながら「亨には独占欲がないらしい」証明がされたばかりだった。

マスターは長谷川の話をしたら急に心配になったと言い出し、店を早仕舞《はやじま》いして真緒を車で送ってくれた。真緒がマンションに着いた時、亨もちょうど社用車で戻ってきた。

今夜は帰りが深夜になると言われていた真緒は、慌てた。まだ八時前とはいえ、亨の知らない男性の車に乗って帰宅した自分を、彼はどう思うだろう。真緒の心臓は不安で縮こまった。

だが、まったくの取り越し苦労だった。亨は怒るどころかマスターに丁寧な礼を言い、車が見

えなくなるまで見送ったあと、今はこうして平然と真緒と並んでエレベーターに乗っている。

（すごく大人ってこと？　人間ができてる？）

真緒はちらりと亨を盗み見た。

いつもと少しも変わらない、ともすると冷徹に見えるほど落ち着いたサイボーグフェイス。

亨にはもちろん、感情がないわけではない。ただ、心が大きく揺れ動いて取り乱したり、抱えたものが爆発して我を忘れたりする前に、原因に冷静に対処できる力があるのだろう。真緒はそう考えて納得した。

（私のために独占欲を爆発させて暴れ回る亨さんなんて……。いや、やっぱりないな。想像するのも難しいですから）

うんと愛してもらえる妻に出世すれば、状況は変わるのかもしれないが。だとすれば、遠いゴールの、そのまた先の話だ。

「亨さん、お仕事、予定より早く片づいたんですか？」

「そうなんです。人と会う約束が来週に延びました。いつもなら別の仕事を前倒しするところなんですが——」

エレベーターが止まって扉が開いた。亨は当然のように真緒の手を取り、ホールに出た。

「あなたとたまにはゆっくり過ごしたくて、抱えていたほかの仕事も動かせるものは明日に回して帰ってきてしまいました」

（えっ？）

「私と過ごすために？」

真緒はすぐには信じられなくて、ただ彼を見つめた。

「こんなことをするのは、初めてじゃないかな」

姉が言っていた。もし、彼が本心から真緒に会いたいと思うなら、どんなに多忙でもなんとかして会う時間を作るだろうと。

（また少しだけ、彼の心に近づけたのかも……）

一気に前進するよりも、こうして少しずつ二人の関係を深めていく方が自分たちには合っているのかもしれない。


亨はお気に入りのウイスキーを、真緒は杏《あんず》の果実酒を楽しんでいる。寝る前に寛《くつろ》いで一杯やろうと言い出したのは亨だった。

（やっぱりこういうのが私たちには合ってるんじゃないかな）

こんなふうにとりとめもない会話を重ね、たくさん言葉を交わして。相手との気持ちの距離を測りながら少しずつ絆を紡いでいく。もどかしいが、少なくとも自分には合っていた。

（お姉ちゃんにはあれだけ背中を押してもらったけど……）

真緒に身体で語り合う作戦を勧めた理緒は、こうも言っていた。

「いっそあなたの方から誘ってみたら？　恥ずかしがることはないわよ。もうすぐ夫婦になる二人にとっては、より深く知り合うための正統な切り札としての誘惑だもの」


姉の言うことは正しい。

――が、真緒に切り札行使のハードルはやはり高かった。風呂あがりのパジャマ姿という、今までになくプライベートな自分に戻って彼と向き合っているだけで、鼓動はとんでもなく走ってしまうのだ。誘惑のミッションにはとても堪えられそうになかった。

「自由な社風でも、本郷グループは就活生に人気がありますよね」

「他社同様、様々な決まり事はあります。ただ、社内のイベントやサークル活動や、社員が中心になって動かす取り組みは社をあげて応援する。どうやらその点を他にはない魅力として評価してもらっているようです」

居間に置かれた応接セットはとても立派なもので、ローテーブルを三人掛けのソファが挟んでいる。真緒と向かい合って座る亨の輪郭を、暗いオレンジ色の光が柔らかく浮き上がらせていた。間接照明の穏やかな明かりには、確かに癒やしの効果があるようだった。アルコールの力もあってか真緒の口は滑らかになり、いつもほど気負わずに亨と話すことができた。

「バレンタイン・パーティーってイベントがあるの、ネットで話題になってましたよ」

「終業時間後に社食を会場にしてね。社から応援金も出るので、食べ物はなかなか充実しています。この日に誕生するカップルも少なくないみたいですね。ウチは社員同士で結婚した場合、女性にも長く働き続けてもらえるよう、様々な配慮をしていますから」

「女子社員に人気のある亨さんは、毎年きっと相当派手なチョコレート爆弾や告白攻撃を受けてきたんでしょうね」

「あなたが気にかけるほどではありません」

真緒はふと目を伏せた。

いっそ私も亨に告白しようか。真緒は考えた。いつも考えている。迷っている。

(でも、告白したらフェアじゃなくなる気がするの。亨さんがお姉ちゃんの許嫁だった間も想い続けてきた私の気持ちは、きっとあなたの重荷になる。最初からあなたに枷《かせ》をつけてしまうみたいで……。私への同情や配慮や義務感から、愛するきっかけを見つけてほしくない)

告白できなくても、想いは伝えられる。たとえば二人で囲む食事の用意をする時も、二人で暮らす部屋の掃除をする時も、真緒は亨への愛情をいっぱいにこめている。そうした毎日の積み重ねが、今夜のように彼との距離を縮めてくれると信じたかった。

「気になりますか？」

ふいに亨がグラスを置いた。亨は立ち上がり、真緒の隣にやってきた。

「誰にもらっても、過去、チョコレートから発展して特別な関係を持ったことは一度もありません」

「……ええ……」

真緒の鼓動はたちまち跳ね上がっていた。ブルーのパジャマを着た彼からは、風呂上がりの清潔な匂いがした。

「ですが……」

ややあって口を開いた亨には、ためらいのようなものが感じられた。

「ですが、私に好意を抱いてくれ、交際を申し込んでくれた女性をお断りしたことは何度かあって……」

亨の女性人気を考えれば、何度どころか何十回あったと聞かされても驚かない真緒は、亨が何を気にかけているのかわからなかった。

「なかには何をどうやってもあきらめてくれない人もいて、そういう相手に対してはあえて酷《ひど》い態度をとって突き放したことはあります」

真緒は、

「私を軽蔑しますか？」

突然そう尋ねられ、びっくりして亨を見上げた。彼は心なしか身を引き、真緒と距離を取った。

「真緒さん、言ってましたよね。見合いでは誰とも縁がなかったと」

「はい……。私の方が断られてしまって。いつもそうでした」

答える真緒は、目を伏せる。

「私がちゃんとおつき合いした男性は、亨さんが初めてなんです」

彼が小さく頷く気配がした。

「だから、あなたは男の持つエゴや支配的な顔をまだ知らないのかもしれない」

「え……？」

「見合い相手の誰もが真緒さんのなかの無垢《むく》な部分を見て取った。皆、あなたに自分が相応しくないと悟って断ったのでしょう」

「そんな……」

なぜ、自分がことごとく断られ続けたのか。真緒はその理由に気づいている。男たちが自分に失望してふったのを知ってるからこそ、思いもかけない亨の言葉に真緒の胸はふと熱くなった。

「たとえどんな理由があったとしても、女性を傷つける態度をとったり言葉を投げつけたりした私を嫌悪しませんか？　軽蔑しませんか？」

（軽蔑なんて――）

真緒は答えるより先に何度も首を横に振っていた。

半ばストーカー化した女性にどう接したとしても、誰も亨をエゴイストとは思わないだろう。支配欲から彼女を傷つけたとも考えない。だが、必要な対処だと理解していても良心の呵責《かしゃく》を覚える誠実さが、亨にはあるのだ。そして……。

「軽蔑なんてしていません」

そして――考えるまでもなく真緒は信じていた。亨にどんな過去があったとしても、その場、その相手を決して疎かにしない、誠意ある対応をしてきたに違いなかった。

「本当に？」

「本当です」

真っ直ぐに目を合わせ、力強い声で真っ直ぐに答えた真緒の手を、

「よかった」

亨が握って引いた。

「ほっとしました」

いったん真緒と距離を取った彼が戻ってきた。さっきよりも、もっと近くに。

「私は返事を聞くのが怖かったんです」

(亨さん……？)

どんな時も視線を逸らすことのない亨には珍しく、彼は長い睫毛《まつげ》を伏せた。

「だって、真緒さんに受け入れられないと言われたら、もうこんなふうにあなたに触れられなく

なる……。夫婦として最初から大きな問題を抱えることになった時、私が身を引くのが正しい判断です。真緒さんの気持ちを尊重し、あなたが傷を負わないうちに解放してやるべきだ。自分のエゴであなたを縛りつけては駄目だとわかっています。でも、私は……」

途中で言葉を探して黙り込むなど、やはり亨にはめったにないことだった。

「私はそれだけは絶対に嫌だと思ったんです。もし、二人で時間をかけて問題を乗り越えていく道をあなたが許してくれたとしても、やはり私はあなたに触れたい時に触れられなくなる。それだって嫌です。想像するだけで、何か……とても苦しくなります」

亨自身、そんな自分に戸惑っているのだろう。真緒の手を握ったまま、また黙って考え込んでいる。

「男には独占欲ってのがあるからなあ。相手をいつも手元に置いておきたい、そばにいたい。少しの間も離れたくないっていう……」

マスターの言葉がふっと真緒の脳裏に蘇る。

「本当に嫌だったんだ。あなたに触れたい時に触れられないのは……」

握られた手にキスされ、真緒は震えた。

「こうやって私が触れたいようにあなたに触れられないなんて、我慢できなかった」

そこにあるのを確かめる仕種で、亨は何度も唇を押し当てる。

（亨さん……）

真緒は心臓ごとうろたえていた。「愛している」まではまだ遠くても、彼に大切にされているのがわかったからだ。

（嬉しい）

切ないぐらいに胸が苦しくなった。

「真緒さん、また真っ赤だ」

「……すみません……」

「謝っても手遅れです」

え？　と薄く開いた真緒の唇を、亨の唇が塞いだ。

真緒の喉が鳴るほどの、激しいキスだ。

とっさに閉じた瞼までもが熱くなる。

「誘惑しないでください」

ゆっくりと離れていった唇が囁く。

「赤くなっているあなたは可愛くて、どこにいてもキスしたくなると教えたでしょう？」

「誘惑なんて……」

あなたから誘ってみたら？　と姉は言った。

キスなら私にもできるだろうか？

真緒の胸で熱いものが弾けた。キスも自分の気持ちを伝える方法のひとつだと、当たり前のことに気づいのだ。

（あなたを軽蔑していない、あなたに嫌悪感を抱いてもいないことを、もっと伝えたい）

真緒は勇気を振り絞った。繋いだ手を引き、彼の方へと伸び上がる。

唇が触れ合った。

さっきのキスの名残の熱が、二人を包み込む。

亨がどんな表情《かお》をして受け止めてくれたのか、瞼を固く閉じた真緒にはわからなかった。ただ、真緒のキスを全身で感じたいとでもいうように彼はじっとしていた。

静かに身体を離すと、亨の震える息が真緒の唇を撫でた。

「あ……っ」

たくましい腕にくるまれたと思った時には、真緒は抱き上げられていた。

真緒を抱えた亨は居間を出て行く。

「待って……！　待ってください」

「わかっています。私はまだあなたの夫ではない。その一線は守ります」

何と答えればいいのか、声を呑み込み身を固くした真緒に、亨は足を止めた。二つある彼専用の部屋のうち、寝室の扉の前だった。

「今夜はあなたにもっと触れたいんです」

亨は真緒の、前髪から覗いた額に口づけた。

(亨さん……)

羞恥を押《お》し退《の》け心のなかに広がる甘く温かなものは、確かに真緒の求める幸せに違いなかった。

「どうか拒まないでください。どうすればいいのか、私はまたわからなくなる」


真緒が亨の寝室に入るのは初めてだった。結婚後は二人で休めるようベッドをダブルに換えても圧迫感のない広い部屋だ。でも、今の真緒にカーテンの色や置かれている家具や、室内の様子を気にかける余裕はなかった。

亨は真緒をベッドの上に座らせた。部屋の明かりは落としたまま、サイドテーブルのランプだけ点《つ》けた。

ベッドが揺れ、真緒の隣に亨が座った。彼はいきなり押し倒したりはしなかった。真緒を抱きしめ、もう一度唇を塞いだ。

「さっきみたいにあなたも応えてください」

ついばむように触れる合間にねだられる。さっきみたいにと言われても、どうすればいいのかわからない真緒は、ただ懸命に彼のキスを追いかけた。柔らかく押し当てられれば、真緒も押し返し、優しく吸われれば真緒も真似をした。

（くらくらする……）

真緒はキスをするのも亨が初めてだった。たぶん何人もの女性と大人のつき合いをしてきた彼には、子供っぽくて物足りないキスに違いない。それでも彼は、もっととねだってくれた。

（……気持ちいい……）

唇を重ねている間、亨は真緒の髪をずっと撫でていた。真緒の初体験への恐れを和らげようとしてくれているのだろう。彼の優しさから生まれた快感には、魔法のような効果があった。真緒の身体の強張《こわば》りを見る間に溶かし、すべてを彼に委ねてしまいたい気持ちにさせた。

「真緒さん……」

「……亨さん……」

「怖いことはしないから」

髪に触れていた手がいつの間にか肩に留まっている。そうしてその手は真緒がキスに酔っているうちに、パジャマのボタンを外していた。前を大きく開いて忍び込んできた指が、ブラジャーの谷間を探し当てた。

「……ん」

指先が膨らみを、ブラジャーの縁に沿ってなぞった。

「や……ぁ」

くすぐったい。でも、そのくすぐったいのが不思議と気持ちいいのだ。

「外しますね」

パジャマの上と一緒に下着を脱がせようとする亨に協力する自分が、真緒は急に恥ずかしくなった。ブラジャーを外したとたん乳房が彼の手に零《こぼ》れ落《お》ち、羞恥はさらに膨らんだ。

「……っ」

思わず身を捩《ねじ》って逃げてしまった真緒を、亨が背中から抱きしめた。

「真緒さん……」

そうやって静かに抱きしめられていると、また幸せな気持ちが広がって、恥ずかしさが少しだけ和らいだ。

「ここも真っ赤だ」

耳にキスされ、柔らかく食《は》まれる。

彼の唇は肩のラインを丁寧に埋めはじめた。

「あ……ん」

真緒は耳を塞ぎたくなった。自分のものとは思えない甘えた声が、熱い息と一緒にまた溢れた。

「可愛い」

そんなふうに囁かないでほしい。顔が見えないから、余計に甘くロマンティックに感じてしまう。

（……亨さんは……サイボーグなんかじゃないんだ……）

姉も見つけられなかった彼の優しさに、自分だけは昔から気づいていた。ひとつ屋根の下、彼と過ごす毎日は、真緒にその喜びを改めて教えてくれる時間でもあった。

今も亨の、自分を思いやる気持ちを溢れるほどに感じる。触れてくる唇を、腕を、指を通して柔らかく伝わる。彼は経験のない真緒を不安にさせたくない、怖がらせたくないと心から気遣っている。

「や……」

亨が両手のなかの乳房をすくいあげるようにして愛している。手のひら全部で大きく包み込み、そっと握っては離して、離しては握って……。張りを楽しむように指が深い窪《くぼ》みを作る。

「……ん」

触れるか触れないかのもどかしい愛撫《あいぶ》がはじまった。乳房の形に沿って丸く撫でられ、真緒は産毛がふわりと逆立つような快感を覚えた。

「……恥ずかし……い」

「どうして？　今の真緒さんはとても綺麗ですよ」

恥ずかしいのは、初めてなのにすごく感じてしまっていること。彼の思うがままに触れられても逆らえないほど、快感に酔っていること。

「真緒さん……」

またあの優しい声音で名前を呼ばれた。亨は愛撫の手を止めると、両腕で包み込むように真緒を抱きしめた。彼と密着した背中を通して、互いの鼓動が聞こえてきそうだ。

「またあなたについて新しい発見をしました」

さっき何度もキスされた右の耳元で、彼が言う。

「抱きしめるとこうして私の腕のなかにすっぽり入ってしまうところも、すごく可愛い」

羞恥と喜びの入り混じった吐息が、真緒の唇を割って零れた。

抱かれている間中、彼がかけてくれる言葉も真緒には立派な愛撫だった。

「だけど、こんなに可愛いあなたなのに……」

亨は真緒に、今夜初めて触れた真緒の身体は大人の女性の魅力に満ちていて、そばにいるだけで惑わされると囁いた。

「少女と女と、ふたつの不思議なバランスも、私には本当に魅力的です」

「亨さん……」

子供の頃から大人びた雰囲気をまとっていた、姉の理緒。対照的に歳より幼く見える顔だちを、真緒は自分の個性として受け入れてきた。それでも小柄なのとあいまって幾つになっても子供っぽい印象を与えてしまうのは、悔しかった。

マスターの川添にも言われたことがある。「真緒ちゃんは不本意だろうけど、あなたにはほら、ロリータっぽい可愛さもあるから」と。

常連客だった長谷川が真緒に執着《ストーカー》するようになったのも、開店記念のイベントで店内をメイドカフェ風にチェンジしたのがきっかけだった。バイトの真緒も胸元に大きなリボンの付いた、ひらひらエプロンがトレードマークのメイド服で接客したのだが、どうやらそれが不幸のはじまりだった。川添の話によれば、メイドさんバージョンの真緒は、長谷川の理想のタイプそのものだったらしい。

そんなこともあってか、この頃はたとえ褒められるにしても容姿について他人に触れられるのは鬱陶しかった。それなのに……。

(亨さんに言われると、ちっとも嫌じゃない)

不快に感じるどころか、嬉しかった。嬉しくて、びっくりするほど胸が高鳴る。

亨は抱きしめていた腕を解いた。やはり真緒を不安がらせないよう気遣う優しさで、ゆっくりとベッドの上に横たえた。

亨が真緒を見おろしている。それがどんな思いを秘めているかはわからない。何か強い感情の揺らめく眼差しで、ただ見つめている。

「真緒さん、キスして……」

真緒はねだられ、あと少しで重なるところまで落ちてきた唇に自分から口づけた。

「ん……」

お返しのキスにあやされる。あやされているうち、胸を離れた彼の手は下腹を滑り落ち、ショーツのなかに潜り込んでいた。

「あ、や……」

とっくの昔にどこもかしこも力が入らなくなっていた。もうずいぶん前からズキズキと疼《うず》いている場所を探り当てられても、真緒は逃げられなかった。

花弁を分け滑らかに動き回る指が、恥ずかしかった。すでに溢れるほどの蜜で濡れているのだろう。

「ごめんなさ……い」

真緒は消え入りそうに身を縮めた。

「謝らないで。私も同じだから」

そう言って彼は真緒に半身を押しつけた。腿《もも》に感じる熱いものは、彼の分身だ。硬く張りつめたそれは、パジャマの向こうで苦しげに頭をもたげている。

(亨さんも……？)

とろりと心が蕩《とろ》けて……、彼の触れている場所にじんと締めつけられるような快感が広がった。

「……二人一緒なら……嬉しい……」

素直に言葉が零れた時、亨は驚いたように真緒を見つめた。

「あなたは本当に……」

亨は真緒を抱き寄せ、強く抱きしめた。

「本当に可愛い人です」

そうして真緒は、また深く唇を重ねられた。口のなかまで濡れた舌で甘く貪られる。再び秘花に伸ばされた手が、撫でるように動きはじめた。

「あぁ……」

いつキスが終わったのかもわからなくなる頃には、真緒は乱れる息を呑み込むこともできなくなっていた。

「……ん」

花弁の短い合わせ目をゆるやかにかき回される。亨のあの、こんなところにまで端正な美しさを感じさせる指が自分を愛してくれていると考えるだけで、真緒はくらくらした。身体の芯から燃えるようだ。

(亨さん……)

今の亨が自分に向けてくれる感情と、彼を想うこの気持ちと。二人の心がどれほど重なっているのか、真緒にはわからない。でも、今夜はあなたと過ごしたいと時間を作ってくれたこと。もっと触れたいと思ってくれたこと。可愛いと何度も囁いてくれ、女としての自分を求めてくれたこと。そうやって二人の絆を育てようと努力してくれている彼を肌で感じる時、真緒の悦《よろこ》びはより大きなものになった。

彼の手のひらが真緒の花を覆って、一定のリズムで柔らかく押しつぶすように動いている。真緒の腰が時折、切なげに跳ねた。

「あ……やぁ……」

身体の中心を熱い衝動がぐるぐると、螺旋状《らせんじょう》に突き上げてきた。快感に追い詰められ、切羽詰まった真緒の両足がシーツを掻《か》いた。

「……っ」

昇りつめた真緒が小さく上げた声を、亨はキスで受け止め、最後には包み込むように抱きしめてくれた。


「真緒さん、ほかには誰かいなかったんですか？」

突然、亨に聞かれた。

このまま同じベッドで眠るつもりらしい亨に、覚悟の足りなかった真緒は焦っているところだった。

「ほかって？」

二人は一枚の布団にくるまり、真緒はさらに亨の腕にくるまっていた。亨がしゃべると額に息がかかってくすぐったい。

「見合いとは別の機会に、真緒さん自身が見つけた相手はいなかったんですか？　片想いだとしても、こんなふうに特別な関係になりたいと思った男が誰か……」

亨は「こんなふうに」のところで、真緒を抱きしめる腕に力を込めた。

（どうしよう）

今までとは別の意味で胸が騒ぎはじめた。

質問の答えは、ひとつしかない。だが、彼に余分な負担をかけないためにも告白しないと決めたのだし。それに……。

（姉の婚約者に何年も片想いしてた妹って、どうなんだろう？　しかも二人の隣にいて、「こんなふうに」される関係を夢見ていたなんて……。亨さん、驚くよね。きっといい気持ちはしない）

白状すれば、真緒はキスまでは妄想したことがある。誓ってそれ以上はなかった。けれど、その延長線上に「こんなふうに」があるのだとしたら……。

亨を不快にさせ、嫌われるかもしれない。そう思うと、なおさら告白できなかった。

急に静かになってしまった真緒に、亨は何かを感じ取ったのか。

「いえ、いいんです。答えたくないなら、答えないでください。なんとなく察しましたが、今の質問はなかったことにしてください」

亨は質問したのを後悔しているようだった。

「答えを知ったところでその情報は私にとって何の価値もないし、あなたを嫌な気持ちにさせるだけなのに……」

亨のため息が真緒の前髪を揺らした。

「こんな不毛な質問は今まで誰にもしたことはないんです。したいと思ったこともなかった」

顔が見えなくてもわかる。彼が困惑しているのがはっきりと伝わった。

「なぜか、真緒さんといるとペースが狂います。気がつくと自分の知らなかった自分がいて焦るというか……、どうしていいか困るというのか……」

実は遊園地デートの後、二人で自撮りした写真を見た亨は、過去に記憶のない自分のあまりのはしゃぎっぷりにショックを受けたという。

(あれではしゃいでたんですか？　楽しそうではあったけど、クールなのはほとんど変わってなかったのに？)

自分といて亨がなぜペースを崩すのか。本人にもわからない理由が真緒に見当がつくわけもなく……。でも、亨がショックを受けたと知って、

「ごめんなさい」

思わず謝っていた。

「誤解しないでください」

亨が真緒と額を合わせ、瞳《め》を覗き込む。

「戸惑うことばかりでも、真緒さんと一緒に過ごすのは楽しいですから」

真緒を映した彼の瞳に笑みがあった。

「初デートの時、私があの場でお礼を言わずにはいられなかったのを覚えていますか？　真緒さんとの時間が楽しくて、知らないうちに溜まっていた疲れも取れてリフレッシュできたんです。翌日からの仕事のクオリティーもあがりました」

「なら……いいのですが……」

セックス未満とはいえ、初めて身体を重ねたばかりなのだ。まともに顔を見るにも思い切りの必要な真緒の心も知らず、亨は言う。

「今夜も楽しかった」

絶対また赤く染まっているに違いない真緒の耳朶《じだ》に口づける。

「私の試練も来《きた》るべき夜の期待にかわるぐらい、よかったです」

「……試練て？」

真緒は質問しておいて、すぐに察した。式をあげ正式に夫婦になるまでは、自分の立場をわきまえると約束してくれた彼は、最後まで真緒を求めなかった。脱いだパジャマを着直した真緒とは違い、今夜の彼はずっと素肌を晒《さら》さなかった。

「式の夜が待ち遠しいですね」

亨が真緒の頬にキスをした。

「楽しみです」

「……はい」

今日もまた普段の亨からは想像できない甘い台詞を囁かれて、真緒はやっと返事をした。

「でも、できるなら今夜みたいな恋人同士のコミュニケーションは、大目にみてください。当日まで我慢できそうにないって思い知りましたから」

「……」

真緒は今度こそ何も答えられなくなってしまった。

第四章

「真緒、聞いて。あなたは亨さんを愛してる。だけど一緒に暮らしはじめたら、彼に見とれてるだけじゃ駄目よ。どこかに問題点がないか、じっくり観察する目も持たないと。彼が完全無欠の男だとしても、相性はまた別の話だもの。もし、一生をともにするパートナーになるのは難しいと感じた時は、迷わず別れる決心をつけること」

亨との短い同棲生活に入る前、姉の理緒にアドバイスされた。だが、あっと言う間に過ぎた式までの日々、問題点が見つかるどころか、真緒は亨の新たな魅力に胸を高鳴らせてばかりだった。

式の準備に必要な手続きは、亨がすべて引き受けてくれた。仕事での有能ぶりが垣間見《かいまみ》える手際の良さでてきぱきと片付ける一方、真緒の意見を大切にしたい場面では、ちゃんと時間を作って向き合ってくれた。

「真緒さんがウエディングドレスを決める時、私もご一緒してもいいですか？　いえ、新郎の義務からではありません。あなたを一番美しくみせてくれる一着を選ぶのに、できれば私も協力したいんです」

「招待客はほぼ身内に限っての式ですから、進行はごくシンプルなものにしたいと思っています。たとえば披露宴は立食形式で、特別な演《だ》し物などはナシにして、各々自由に歓談してもらうのはどうでしょう。ただ、真緒さんのご両親のお気持ちもあると思うので、一度二人で報告を兼ねた相談に行きませんか」


どんなに会社が忙しくても自分の存在を忘れず、常に思いやってくれる彼のために、真緒も心をこめて家のなかの仕事をした。一日のうち、互いの顔を見ながら食べられるのは朝食だけという日も多かったけれど、

「ごちそうさま。美味しかったですよ。特にこのポテトサラダの、じゃがいもの風味を生かした素朴な味つけがいい。ほかではめったに食べられません」

いつもそんなふうに彼らしい言葉で、亨は感謝の気持ちを伝えてくれる。

真緒が部屋に花を飾ればすぐに気づいてくれる。「ありがとう。ほっとしますね」と言って、お世辞ではなく心から寛いだ様子で眺めてくれる。


こんなに素敵な人と、自分は本当に結婚するんだろうか？

まだ時々、信じられない思いに駆られる真緒は、結婚式に向け亨への恋心がさらに募っていくのを抑えることができなかった。

ウェディングドレス姿の真緒は、亨と腕を組みつつも心持ち後ろに下がってついていく。ホテル内のチャペルでの式は無事終わった。披露宴も祝辞などの堅苦しいプログラムは滞りなく進行し、客たちは歓談タイムに入っていた。亨と真緒の新郎新婦は、目下、招待客でもある両家の親類縁者の間を、キャンドルサービスがわりに挨拶して回っているところだった。

(幸せすぎて、なんだかずっとふわふわふわしてる)

今朝から真緒は身体も心もふわふわ、夢のなかにでもいるようで、一生に一度の記念すべきイベントだというのに現実感があまりなかった。誓いのキスをしたことも指輪を交わしたことも、思い出に刻む間もなく時間だけが過ぎてゆく不思議な感覚。

「亨さん、こんなにシンプルなお式は初めてだけれど、静かでゆったりしていて案外良いわねぇ」

「同感だ。私も気に入ったよ」

「ありがとうございます」

亨はさっきから、父方の叔父だという中年紳士と話をしていた。隣にはシックなラベンダー色のワンピースを上品に着こなした夫人を伴っている。

新しく真緒の父と母になる人は、どちらも兄弟姉妹が多く、会場には孫世代の子供たちの姿も目立った。

式の静かな雰囲気が気に入ったとしきりと感心する叔父夫婦だが、おしゃべりがにぎやかな二人はアルコールが入っているせいもあってか、いっそう口が滑らかになっている。

(式も披露宴も、私たちの希望通り。あとはお姉ちゃんがいたらなあ。完璧だったんだけど)

真緒は心のなかでため息をつきつつ、姉を心配した。独立したばかりで仕事に頑張り過ぎたのだろう。ここ数日体調を崩して寝込んでいた理緒は、ドクターストップをくらってとうとう出席できなかった。


「ごめんね、真緒！　這《は》ってでも行くつもりだったんだけど、無理みたい。本当に残念！」

「でもね。行けないって決まった時は、もしかしたらその方がよかったかもってちょっとだけ思っちゃった。あなたと亨さんにつまらない迷惑をかけたくないし」

どんな迷惑なのかは、まさにつまらないという理由で教えてくれなかった。

マスターの川添を招待客のリストに入れることができなかったのも、残念だった。今日の日を迎えるまでに、姉に寄りかかる分も頼らせてもらったのに。結婚後、本郷亨の妻としてうまくやっていけるかどうか。家庭を営む先輩として、不安な気持ちを時々聞いてもらっていた。

「亨くん、可愛い嫁さんを見つけたねぇ」

「ええ。ありがとうございます」

「特にね、笑顔がいい！　子供の頃から変わらない仏頂面の君とそうして並んでいると、余計に笑顔の可愛さが引き立つんだな」

「ちょっと、あなた！　亨さんぐらい美男子だったら、無愛想だろうがぶっきらぼうだろうが問題ないのよ」

「でもね。真緒さん、よくよく気をつけないといけないよ。亨くん以外の男にその笑顔を大盤振る舞いしたら、おかしなやつを引っかけちゃうからね。自分に気があるんだって勘違いする男が、絶対出てくる」

「はい。気をつけます」

楽しい酔っぱらい二人のどこか噛《か》み合わない会話にクスリと微笑ってしまった真緒だが、改めて思った。

（仏頂面とか無愛想とかぶっきらぼうとか。亨さんがサイボーグみたいに見えるのは、お姉ちゃんだけじゃないんだな）

感情に薄く冷めたように見える彼が、どんなに優しく温かな心の持ち主か。二人きりの時はどれほど甘く幸せな台詞を囁いてくれるのか。知っているのは自分だけだと思うと、真緒の胸は熱いものでいっぱいになった。

(それに……)

挨拶まわりをしていて偶然耳にした女の子たちの会話が、蘇ってきた。何人もいる亨の従姉妹《いとこ》らしい三人組は、真緒とは同年代。この場には少々セクシーすぎるデザインのドレスで目立っていた。


「亨さんて、めったに愛してるって言ってくれなさそう」

「男としての欲望も大してなさそうじゃない？」

「仕事には燃えるが、ベッドでは燃えない男」

「エッチも下手だったりして」


とんでもない内緒話に真緒は驚き呆れつつも、つい心のなかで反論していた。

普段はストイックに見えたとしても、亨はベッドの上ではちゃんと情熱的なのだと。

(……チだって、絶対下手じゃないし)

だが、そんな亨を知っているのは、やはり自分だけなのだ。真緒の胸にまた熱い喜びが広がった。

披露宴の最中に考えることではないとわかっていても、真緒は思い出さずにはいられなかった。亨と二人、ウエディングドレスを選んだ時のことを——。

●

「すごい……綺麗……。ドレスのレンタルサロンがそのまま引っ越してきたみたい」

真緒は部屋に一歩入るなり、何十着と用意されたウエディングドレスを見て思わずため息を洩らしていた。

亨は浪費家ではない。かつ、身の回りのものすべてを高価な品でかためたいタイプでもなかった。そのため真緒が本郷家の財力を肌で感じる機会は、意外なほど少なかった。もしひとつあげるとしたら、亨が新居用にと高級マンションの一室を両親からまるごと贈られたのがそうだ。そして、今目に映る光景も、結婚相手が本郷亨でなければ実現できなかっただろう贅沢《ぜいたく》な世界だった。

「私の都合で式を早めてもらったせいで、準備に十分な時間をかけられませんでした。せめてあなたには、ドレスぐらいゆっくり選んでもらいたいと思ったんです。選択肢がたくさんあった方が楽しいでしょう?」

そう考えた亨は、ホテルのパーティールームを貸し切りにして、真緒のために世界中のブランドの、何十着というウエディングドレスを集めてくれたのだった。

部屋の中央にアンティークな猫足のソファーが置かれている。寝台代わりにもなりそうなゆったりとしたそれに、彼は腰を下ろした。

「どうぞ、気に入ったものを何着でも選んでください。納得いくまで着てもらってもかまいません。多少汚したとしても買い取ればすむ話ですから。試着用の部屋は別に用意してあります。専門のスタッフを待機させているので、もし何かあれば彼女たちに相談してもらえば」

「ありがとうございます。気を遣ってくださって、本当に嬉しいです」

「ひとつだけお願いがあります。一着、着るたびに私にも見せてくださいね」

「はい。もちろんです」

真緒には亨の気遣いだけで、ここにあるすべてのドレスが金銭には替えがたい、素晴らしく価値のあるものに変わっていた。どれを選んだとしても後悔しないと思えるぐらい……。

(だったらあとは、自分に似合うかどうかだ)

真緒は花畑に分け入る気分で、一着一着手に取って回った。これは？　と感じたものは、亨の座るソファーと並んでセッティングされた大きな姿見の前で合わせてみた。

セレブファミリーのプライベートな食事会の会場としてよく使われるという部屋だった。大きくコの字型に取られた窓から、透き通った穏やかな光が差し込んでいる。薄い雲を通って落ちてくる陽は、ドレスを美しく見せるにはちょうど良い柔らかさだった。

(白にもいろいろあるんだ？)

純白もあれば、少し黄味《きみ》や青味《あおみ》がかかった白もある。シャンパンカラーと呼ばれる色には独特の輝きと温かみがあって、ことに美しかった。

「ずいぶん迷ってますね。もっと気軽に選んでもらっていいのに」

気がつくと亨がすぐ後ろに立って、迷うことに夢中になっている真緒を見ていた。

「時間がかかってしまってごめんなさい」

「かまいません。今朝約束したでしょう。今日は真緒さんに最後までおつきあいするつもりでいるんです」

「あの……、亨さん」

候補を三着選ぼうと決めたものの、どうしても絞りきれない真緒は、思い切って亨にお願いをした。

「亨さんが選んでくれませんか？」

亨の目がふっと大きくなった。

「前に言ってくれましたよね。私が一番綺麗に見えるドレスを選ぶのに協力したいって」

「ええ。でもそれは、まず真緒さんの好みがあって、そのうえで私の意見も参考にしてもらえればというお願いだったのですが」

「私は……」

真緒は亨に向き直った。

「私は亨さんに選んでほしいです」

真緒は早くも頬に上ってきた熱いものと戦いながら、気持ちを言葉にした。

「ウエディングドレスを着る日は、あなたに嫁ぐ日です。あなたの妻になる日です。私は会場にいる誰よりも、亨さんに綺麗だと思ってほしいんです」

「真緒さん……」

「私、あなたに一番喜んでもらいたいから、綺麗になりたいんです」

日ごとに募る亨への想いに押されて、言葉が零れる。

「少しでも綺麗になるために、あなたにドレスを選んでもらいたくて……」

次第にうつむいてしまう。だんだん気持ちに言葉が追いつかなくなる。言わなくてもいいことまで言ってしまう。

「あ……いえ……私はそんな美人ではないから……、魔法をかけたみたいに綺麗にはなれないでしょうけど、ちょっとぐらいは……。ドレス次第で三十パーセント増しぐらいには……、それが無理なら十パーセントぐらいは綺麗になれないでしょうか？」

「十パーセントですか……」

呟いた亨は、一瞬口元に手を当て、真緒から目を逸らした。

（——え？）

真緒は亨が噴き出すのを初めて見た。もし理緒がこの場にいて目撃したら、間違いなく彼の印象が変わっただろう瞬間だった。

「真緒さん……」

ふいに抱きしめられる。

「赤くなって可愛いことを言うのは反則だと教えたのに……」

真緒が何か言う前に、唇を奪われた。

「ん……」

口のなかが、うっすら甘く濡れていく。

「真緒さんにはやはり純粋な白、混じり気のない白い色のドレスを着てほしいです」

ようやく解放された真緒の唇が、小さく喘《あえ》いでいる。

乱れる息を抑えて、真緒は亨の胸で頷いた。

「デザインは、プリンセスをイメージした可愛いものがあなたにはきっと似合います」

亨は並んだドレスをぐるりと眺めた。——と、そのうちの一着を指差した。

「式のドレスとは別に、あれを着ているあなたが見たい」

亨の視線の先には、パールのような艶のある輝きを放つ、ごく淡いピンク色のドレスがあった。

お色直しのない国では、白ではないカラー・ドレスを選ぶ花嫁もいるという。

「真緒さんの好きな色でしょう？」

亨はまたあの彼らしい控えめな笑みを浮かべると、真緒に聞いた。

「ひょっとして、好きだけれど子供っぽい色だと思ってますか？」

亨は真緒の髪に口づける。

「私が真緒さんに使う可愛いは、子供っぽいとは違います。守ってあげたくなるような可憐《かれん》さや初々しさがあるということです。それは同じ姉妹でも姉の理緒さんにはない、真緒さんだけの美しさです」

（亨さん……）

込み上げてきた喜びに胸が締めつけられる。真緒は亨の胸に深く顔を埋めた。

「あなたは魅力的ですよ、とても。今の私にとっては誰よりも……」

姉に対して卑屈になったことはない。でも、憧れて羨ましく思ったり、自分をちょっぴり残念に感じたりすることはあるのだ。亨は真緒が心に隠したそんな痛みも、両手で大切にすくいあげてくれた。

亨への想いがまた膨らむ。

真緒は真っ先にあのピンクのドレスが着たくなった。

真緒が試着した姿を見せに部屋に戻ると、亨は少しの間、その場に立って真緒を眺めていた。

「ちょっとびっくりしています。想像していた以上に可愛くて」

そう言って近づいてきた亨の足どりは、心なしか弾んで見えた。

ピンク色のドレスは、亨が真緒に似合うと勧めてくれたプリンセスラインだ。ウエスト部分にたっぷりギャザーが取られ、花びらを幾重にも重ねたようなスカートがふわりと大きく広がっている。

「可愛いですよ。似合っています、本当に……」

亨は真緒を抱きしめる。さっきのキスの余韻にまだ酔っている真緒の唇に、彼は再びそっと触れてきた。離れては重ねてを飽きずに繰り返し、やがてキスは髪形を変えたことで露《あら》わになった真緒の首筋へと流れた。

「この髪もあなたの雰囲気にぴったりで可愛い」

真緒はいつものセミロングをアップに結っていた。生花のヘッドドレスが似合いそうな、清楚《せいそ》なシニヨンスタイルだ。

「こんなところまで赤くなってる」

亨はうつむいた真緒のうなじをキスで埋めた。

「……ん」

綿毛で撫でられるにも似たくすぐったさは心地よく、真緒は思わず甘えるような声を上げていた。たちまちうなじへと、また熱い血が上ってくる。さらに赤味《あかみ》が増したに違いないその場所に、真緒は少しも離れていこうとしない彼の視線を感じた。

「あ……赤くなるのは、誰のせいですか？」

「え？」

「私一人の責任じゃありません」

「責任は私にもあると？」

亨が微笑む優しい気配がした。

うつむいた顔を上げられないまま、真緒は彼の胸で訴えた。

「だって、亨さんだけです。私をこんなふうにするのは……」

こんなふうに、頭の天辺《てっぺん》から爪先まで熱の塊にするのはあなただけ。

「私だけ？」

「決まっているでしょう。あなた以外の誰が――」

真緒の言葉が途切れた。

「また可愛いことを言いましたね」

そう囁かれるや、ふわりと抱き上げられたからだ。

「自覚のない真緒さんの方が、やはり責任は重いと思います」

オフィス仕様のスーツ姿であっても、プリンスめいた優雅な雰囲気をまとっている亨が、いつかの夜のように真緒をお姫様抱っこしていた。さっきまで彼の座っていたソファに連れて行かれる。スカートが羽のように広がり、真緒は静かに横たえられた。

「私だけと言ってもらえて嬉しい」

自分を見おろす熱のこもった眼差しに、真緒の鼓動がとくんと打った。この目は知っている。

彼が触れてくる時の合図だ。

「確かめたくなりました」

「え……？」

「私だけだということを、言葉だけでなく感じたい」

初めて亨に女として触れられてから今日までの間、彼の言う恋人同士のコミュニケーションの機会は幾度かあった。でも、だからと言って、真緒に少しでも慣れが生まれたかといえばそんなことはなかった。

いつも彼を受け止めるだけで精いっぱい。大人の女らしく余裕を持って振る舞うことはできなかったし、彼を抱き返す時でさえ自分でも恥ずかしくなるほどぎこちなくなってしまう。今もそうだ。こうして間近で見つめられると、言葉が思うように出てこなくなる。

「真緒さん……」

強いアルコールのようなキスが、再び真緒を求めはじめる。真緒を酔わせる。

ゆらゆら首筋を彷徨っていた唇は、やがて右の耳に留まった。熱い息を吹き込まれると、愛の言葉でも囁かれた気持ちになった。

「……ドレスが……」

真緒は言い訳程度の力で、亨の胸に両手を突っ張った。

「大丈夫です。約束しましたよね。式を挙げるまでは……、あなたの夫になれるまでは、ただ抱きしめて触れたいだけです」

心なしか苦しげな彼の呼吸が、真緒の呼吸とひとつに重なる。

「真緒さん……」

亨は真緒の胸に顔を埋めた。繊細なレースに包まれた上半身は、大きく膨らんだスカートとは対照的にタイトだ。真緒の乳房の膨らみを、形良く見せている。

（亨さん……）

彼の頭の重みが、真緒には幸せの重みだった。

思わず告げてしまいそうになる。私はまだ少女の頃からあなたに恋してきましたと。結婚できることがいまだに夢にしか思えないほど、あなたを愛しているのだと知ってほしくなる。

「あぁ……」

真緒の乳房は時に柔らかく、時に痛みを感じるほど強く揉《も》まれる。亨の手や指に力がこめられるたび、真緒は切なく息を洩らした。

彼の愛撫で迫《せ》り上《あ》がり深くなった胸の谷間に、今度は唇が落ちてくる。繰り返し押し当てられるキスを、真緒の意識が追いかける。

「……や……あ」

唇が乳房の頂に向けてゆっくりと這っていくのに、真緒は思わず身を捩っていた。

どうして？　ドレスの上からなのに、乳房全部が疼いている。直接触れられてもいないのに、痺れるような快感が広がっていく。

「亨さ……ん……」

真緒の身体は覚えているのだ。素肌の彼に抱きしめられ、乳房に受けた愛撫を覚えている。布地越しにも感じてしまうのは——だからだった。身体が彼に触れられた時の記憶をたぐり寄せている。

あちこちに熱く押し当てられた唇は、やがては頂の実に辿《たど》り着《つ》き、そこにもキスをした。優しく吸われたり、濡れた舌に撫でられたりしていると、気づけば真緒は声が抑えられなくなっていた。

「あ……は……」

亨が真緒の、レースの下の乳首を探し当てた。

「……んっ」

戸惑うほどに敏感になっているそこは、彼の唇の動きにあわせ布が擦れるだけで、じんじんと疼いた。快感はやがて身体中に飛び火する。スカートのなかに秘められた場所も、じっとしていられないほど熱くなってきた。

恥ずかしいのにもどかしくて、逃げ出したいのにもっと触れてほしくて……。どうしていいのか身体ごと揺さぶられている真緒は、とっさにまた逃げる仕種で身を捩ってしまった。

「真緒さん……」

「だってまだ明るいし……窓が……」

（……恥ずかしい）

彼にベッドで抱きしめられるのは、いつも日が落ちてからだった。明るいところで喘いで乱れる自分のすべてを見られていると思うと、真緒は今までにない強い羞恥に消え入りそうになる。

ふいに亨が真緒を抱きしめた。

「まだ昼間なのに誰に見られるかもしれないこんな場所で。それも試着中に……。非常識なのはわかっています。悪いのは私です。でも……」

亨がついたどこか苦しげな彼らしくない戸惑いのため息は、前にも聞いた覚えがあった。

「あなたの前ではどうしてもほかの女性たちの時のように振る舞えない。理性がどこかへいってしまい、私は子供みたいに我慢がきかなくなってしまう。真緒さんといると私が私でなくなるようです」

どう言葉をかければいいのかわからない真緒を、亨はさらに胸の深くに抱き寄せた。

「私があなたに惹かれているからですか？」

（え……？）

「自分を見失うほど強く惹かれているからですか？」

真緒の鼓動は一度動きを止めたかと思うと、早鐘となって走り出した。

「そうでなければ……」

亨は真緒に自分の分身を押しつけた。

「……っ」

真緒は息をつめ、瞼を閉じた。亨は「そうでなければ肌も見せずに抱き合っているだけで、こんなにも身体が昂《たかぶ》ったりしない」と言った。

「あなたは？」

彼の分身は、ドレスを間に真緒の女に重なっていた。二度、三度とゆっくり押しつけられると、その場所に熱い潤みが広がるのがわかった。秘花が濡れていく感覚は、強い疼きをもっと切なく狂おしいものに変える。

「真緒さんも同じならいいのに……」

真緒は返事のかわりに縋りつくように彼を抱きしめた。

「真緒さん、私が欲しいですか？」

彼は甘く優しく尋ねる。

真緒は答えなかったが、気持ちは彼に伝わっている。

「私もです。私も真緒さんが欲しい」

（亨さん……）

「私も早くあなたのなかに入りたい」

燃えるように熱くなった真緒の耳元で、彼の口調はいっそう優しくなった。

彼がまた、ドレス越しに真緒を強く押し潰した。

「……んっ」

一瞬、真緒の身体を震わせ駆け抜けたのは、ゆるやかなエクスタシーだ。

「本当に……、式の夜が待ち遠しいですね」

「……はい」

真緒は彼の胸で深く頷いた。

亨が以前、話してくれた。自分たちは何もないところから始まったけれど、相手への感情が高まれば欲しいと思う欲望も高まり、欲望が高まれば感情もより高みへと引っ張り上げられるのだと。感情と情欲が前になり後ろになり、競い合うようにして二人の関係を先へと進めるのが興味深いと、真剣な面持ちで語っていた。

たぶん、仕事で重要な案件に取り組むのと似ているのだろう。亨はそうやって夫婦の絆を育む過程を好奇心を持って観察、分析し、楽しんでもいる。

真緒には、亨が嘆くほど彼が理性を失っているようには見えなかった。二人の間に紡がれつつある絆を実感するたび、決して離したくないと彼にしがみついている自分とは違う。

（もしも途中で壊れたら？　……想像するのも怖い）

真緒の、亨を抱きしめ返す両手にぎゅっと力が入った。

(やっぱり本当の気持ちは言えない)

今の良い関係が壊れないように、亨への真実《ほんとう》の想いは秘めたままにしよう。「何もないところから」始めた彼の目に、十五の時から姉の隣で何年も抱え続けてきた、消すことのできなかったこの想いがどう映るのか。わからないから言えない。怖くて、言えない。

いつだったか、マスターが教えてくれた。

「世の中には最初から自分に気があるとわかると、とたんに相手への興味を失くす男もいるんだよ。せっかくつき合い初めても、恋愛のテンションが下がって長続きしない」

自分を抱きしめる真緒の両手の懸命さに気づいたのだろう。

「真緒さん?」

亨が不思議そうに真緒の名を呼んだ。

(あなたを離したくない)

真緒にとっての幸福は、亨の存在そのものだった。

今、手のなかにある幸せは、何か思いもかけない災いが降りかかれば脆《もろ》くも崩れてしまいそうで……。幸せすぎて怖いという感覚を、真緒は生まれて初めて知ったのだった。

（お姉ちゃんは、亨さんにはギラギラしたものを感じないって言ってたけど……）
真緒は亨に引かれて会場を歩きながら、いつの間にか心ここにあらずになっていた。姉の嘆きを聞いた時は、真緒も亨をかなりレベルの高い草食男子なのかと思っていた。
まるで違っていた。ベッドでの彼はとても積極的で、信じられないほど情熱的だった。自分の欲望をごまかしたりも隠したりもしない。真緒にはそれが魅力的だった。本気で求めてくれる彼の気持ちが真っ直ぐに伝わるから。巧《うま》いとか下手とか、亨がすべてにおいてパーフェクトな存在だけにこだわる人間もいるだろうが、テクニックのことなど、真緒はどうでもよかった。

亨さんが欲しい。

どんな時も真緒の足を引っ張る山ほどの羞恥心を捩《ね》じ伏《ふ》せ、今ある思いと正面切って向き合うなら、
あなたが欲しいの。早く身体でも亨さんと結ばれたい。
今夜は夫婦として迎える初めての夜だ。もしかしたら、彼に求められながら「愛している」と

言ってもらえるだろうか？

淡い期待が頭をもたげる。

（こんな時になにを考えてるの）

我に返って顔に血を上らせた真緒に、亨が内緒話をするように顔を寄せてきた。

「夜が待ち遠しいですね」

真緒の鼓動は跳ね、あっと言う間にうなじまで熱くなる。亨も同じ気持ちでいるのだと知った驚きは、やがて喜びに変わる。

「本郷！　遅くなって申し訳ない！」

真緒が声のした方を振り返ると、この会場で亨と一、二を争う長身の男性が、急ぎ足でこちらにやってくるのが見えた。


「すまん。大遅刻だな」

「気にするな。抜けられない仕事があったんだろう？」

亨はボーイを呼び止め、トレイに並んだ飲み物からワイングラスを選ぶと、真っ直ぐ自分の前にやってきた青年に渡した。

「社長のお前が出張らないとまとまらない案件なら、よほど重要ってことだ。そのあたりはちゃんと理解しているよ」

「ありがたい」

「で？　うまくいったのか？」

「いった！」

礼を言ってグラスを受け取った彼は、身長は亨とほとんど変わらなかったが、体格は彼の方が骨太でずいぶんがっしりしていた。筋トレが趣味と言われても違和感のないその身体にスーツをぴたりと着込むと、軍人のような威圧感があった。襟足をすっきり刈り上げた短髪がよく似合っている。

「尾形《おがた》さんですか？」

真緒は二人の会話が落ち着くのを待って、自分の方から声をかけていた。尾形は「はじめまして」と頭を下げた後に、まだ名乗っていないことに気がついたのだろう。あれ？　と小さく首を傾げた。

「すぐにわかりました。亨さんからよくお話をうかがっていましたので」

真緒も「よろしくお願いします」と頭を下げた。

身内だけの式に特別に招待された彼――尾形謙介《けんすけ》は、亨の同い年の友人だ。亨は親友という言葉を使わなかったが、おそらくその称号を与えてもいい唯一無二の存在なのだと真緒は思っている。

二人は高校の入学式で出会い、意気投合したという。同じ大学に進み、卒業後、尾形は就職はせず起業の道に進んだ。事業の土台となる活動は卒論とリンクして学生時代にスタートさせており、亨も手伝ったと言っていた。現在は、社員数十人を抱えたＩＴ企業の若きトップだ。

「どんな障害だろうとものともせずにぶつかっていく、バイタリティーの塊みたいな男なんです」

亨が尾形について語る時、まるで我がことのように誇らしげだった。親の跡を継ぐ自分とはある意味正反対の、人生を自らの手で一から切り拓いていく尾形の生き方に敬意を抱いていた。

「あなたが自慢していた通りの方ですね」

「そう聞こえましたか？　そんなつもりはなかったのですが」

亨が真緒と話すのを見ていた尾形は、

「よかったな、本郷。おめでとう」

亨の前に手にしたグラスを掲げた。

「彼女は笑顔が素敵な人だし、何よりお前も笑っているのがいい」

真緒の胸で、（あ、やっぱり！）という思いが弾けた。

（やっぱりそうだ。尾形さんは親友なんだ。だって尾形さんの目には、亨さんはサイボーグに映ってない）

尾形は亨の瞳に映る感情を、正しく見つけることができる人だ。

「真緒さん。正直言うとね。俺はこの結婚には反対だったんだ」

尾形が真緒の方を向いた。亨が真緒と結婚することになった経緯を、すべて了解している目だった。

「セレブ婚だかなんだか知らないが、今どき政略結婚なんて不幸でしかないでしょう？　実際、俺たちの周りにも家の意向を納得して受け入れた結婚だったのに、三年も経たずに破綻した夫婦がいたんです。だから、本郷が不幸せになる門出を祝うなんぞ当然気乗りがしなくて、申し訳ないと思いつつも、今日の遅刻もそれほど悩まなかった」

でも——と、彼は言葉を継いだ。真緒といる亨をひと目見て、祝福する気持ちになったのだと笑った。歯の白さが印象に残る尾形のオープンな笑顔は、本当に嬉しそうだ。夫の親友に受け入れてもらったとわかって、真緒の亨の妻としての自信が少しだけ膨らんだ。

「真緒さん、改めてこの尾形謙介をよろしく。もし、こいつがらみでトラブルに巻き込まれた時は、遠慮なく相談してください。大学の頃から俺はそういう役回りなので」

「トラブルって？」

「本郷の超ハイスペックが災いして、面倒な輩を惹きつけるんだよ」

亨に執着するあまりストーカー化する女性や、彼に金銭的にたかろうとつきまとう人間や。身代金目的の誘拐にまで遭いかけたことがあるという。

「誘拐は大げさだろう」と、亨。

「本郷グループの御曹司だからな。何かあればマスコミに騒がれたりネットでの炎上に繋がるリスクも大きい。そうなると企業イメージにも関わる。なるべく大事にならないうちに問題解決するのがベストってことで、俺もできる協力はしてるんです。本郷が表立って動かなくてもいいように」

「じゃあ……、万が一何か相談したいことができた時はよろしくお願いします」

誘拐などという恐ろしい単語を耳にしてしまっては、真緒も不安になった。

「ああ――マスコミって言えば……」

尾形は思い出した顔つきになった。

「あなたのお姉さん――理緒さんでしたよね。彼女もこの先、色々と大変そうだ」

突然、理緒に話題が飛んだ。聞けば、理緒は美人イベント・プランナーとして騒がれ始めているという。きっかけは、有名芸能人を顧客に持ったこと。マスコミで紹介され、その美貌と社長令嬢の肩書が話題性にさらなる拍車をかけているらしい。

姉には仕事に集中してほしくて、必要な時以外、連絡はできるだけ控えてきた。急に式が決まってからというもの、真緒は自分のことで手一杯、姉の近況まで気が回っていなかった。

(お姉ちゃん、亨さんと私につまらない迷惑をかけたくないって言ってたけど?)

昨夜、電話で理緒が心配していたのは、もしかしたらこの件と何か関係があるのだろうか？

「理緒さんがそれだけ仕事で成果をあげている証でもありますね」

ややあってそうコメントした亨の表情を見るに、理緒の置かれた状況を知っていたのだろう。姉妹それぞれの立場や気持ちを思いやり、あえて理緒の話題を口にしてこなかったに違いない。

「あ――」

今度は真緒が声をあげる番だった。

「尾形さん、誰かに似てるなあって思ってたんですけど、今気がつきました」

「誰？」

「姉に似てるんです。姉もバイタリティーの塊みたいな人なので」

亨に話を聞いていた時点ですでに尾形と知り合いのような気分でいた真緒は、姉に似ていると思ったとたん、彼への親近感が増した。

「理緒さんはフリーとして独立、俺は起業なので、気質の似た、同じ能力の持ち主と言えるかもしれませんね」

「きっとそうです。姉はコミュ力が高くて誰とでもすぐに仲良くなれちゃうんですけど、尾形さんもそうでしょう？　それでいて人気者なのを鼻にかけないから、余計に人が集まってくるんです」

「いや……、どうだろう？」

頭に手をやった尾形は、一瞬視線を泳がせた。どうやら照れているらしい。

「異性だけじゃなくて同性にも憧れの目を向けられるんですよね」

いつの間にか亨の腕にかけていた手を解き、尾形と向き合っていた真緒は、ふいに強い力で半歩後ろに引き戻された。

「亨さん？」

犯人は亨だった。亨が真緒の腕を掴《つか》んで自分の方へと引いたのだ。

（え……？　なに？　どうしたの？）

彼の突然の行動に困惑しているのは、真緒だけではなかった。尾形も、そしてなぜか亨自身も。

「へぇ……。こりゃまた新鮮な反応だな。お前が俺に嫉妬とは」

おかしな沈黙を破ったのは、何やら愉快そうな尾形の声だった。

「これで真緒さんがお前にとって特別な女性であることが証明されたわけだ。よかったな、本郷。真緒さんがきっと教えてくれるぞ。嫉妬や独占欲や、今までお前には縁のなかった感情を全部」

「よくわからないな」

亨はいつもと変わらず冷静だが、尾形の言葉に納得していないのは声のトーンでわかった。

「彼女はもう私の妻になったんだ。ほかの男が介入する隙はない。真緒さんは浮気はしない。私は彼女を信頼している。どこに嫉妬する要素があるんだ」

「いやいや、俺が言ってるのはそういうのじゃない。理屈抜きに振り回される強烈なやつだから。そいつを味わって初めて、お前は真緒さんへの愛がどれほどのものか思い知るんだよ」

亨は黙っている。でも、たぶんまだ納得していない。代わりに真緒が亨の隣で赤くなっていた。

マスターに独占欲の話を聞いた時もそうだったが、真緒も尾形の指摘にはピンときていなかった。

（愛を思い知るって……。毎日思い知ってるのは私の方で、亨さんは『夫婦の絆、育みプロジェクト』を冷静に遂行中です）

真緒は亨の手に、そっと指を伸ばした。触れるか触れないかの距離で迷っている。

（嫉妬するのも、絶対、私の方）

嫉妬する相手は姉ではないが、姉のようにすべてがパーフェクトな誰かだ。たとえば公の場で亨のパートナーとして紹介され、胸を張って彼と並んで立っていられる理想の女性だ。

（私は彼女に嫉妬して憧れて……。でも、挫《くじ》けない、逃げないで、少しでも理想に近づけるようできることはなんでもしたい。頑張りたいな）

以前の、姉の後ろに隠れて大人しくしていた自分なら、きっと挫けただろう。すぐに逃げ出した。ゼロスタートを承知で亨との結婚に踏み出さなければ、真緒は変われなかった。だからこそ昨日より今日の方が、今日より明日の方が亨を愛する心が大きくなるなら、私はもっと頑張れる。

「彼女への愛情は今夜思い知る予定だから、問題はない」

真緒はハッとして、亨を見上げた。尾形はまだ楽しげに微笑っている。亨はためらっていた真緒の手を見つけて握ると、自分の方へと強く引いた。

亨が真緒への愛情を思い知るつもりだと言った夜がやってきた。

式をあげたホテルのスイートルーム。夫婦となって初めて横になったベッドに、真緒はひやりとした心地よさを感じていた。こうして素肌を重ね抱きしめあっているだけで昂っていく身体を、その冷たさが教えてくれる。亨もそうだろうか。

「真緒さん……」

彼のキスは髪や額、頬や喉や……。陶酔《とうすい》の入り口に立ち、うっとり蕩けているに違いない真緒の顔のあちこちに、優しい雨になって降ってきた。時には閉じた瞼や鼻の頭や、思いもよらない場所をくすぐられ、真緒は何度も震える息を洩らした。

左手にも口づけられる。彼が触れているのが薬指だと知って、真緒は目を開けた。亨は二人で選んだシンプルなシルバーのリングに、慈しむようなキスをしている。

「この日が来るのをずっと待っていました」

「私も……待っていました」

亨の言葉に同じ言葉で応えると、胸の奥からゆっくりと湧き上がってくるものがあった。彼の妻になった喜びが熱くゆるやかな波に姿を変え、身体の隅々にまで行き渡る。

（……亨さん……）

バージンロードを歩いている時も、祭壇で二人の将来を誓いあった時も、披露宴で祝福の言葉を贈られた時も、ずっと夢のなかの出来事としてしか感じられなかったのに……。指輪に口づける亨を見た瞬間、自分は彼の妻になったのだという実感が堰《せき》を切って押し寄せてきた。

亨のキスを、緩やかに緊張が解けた真緒の唇が迎える。

「……ん」

真緒が時折、甘えた息を洩らす。

「真緒さん、口を開けて」

亨が真緒の唇に指を当てて促した。

「キスも深くなると、とても気持ちいいんですよ」

囁くや、亨は真緒に深く唇を重ねた。

舌が触れ合った。驚いて逃げる真緒を亨が追いかける。追いつかれたら、また逃げる。でも、どんなに逃げてもやがては絡め取られて彼のものになる。

「ん……」

彼に愛されている口のなかが熱かった。

果物の飴《あめ》でも転がしているように、不思議に甘い味がした。

「……あぁ」

脇腹をぞくぞくと、じっとしていられないくすぐったさが這《は》い上《あ》がってきた。亨の手はキスの間も真緒の肩から腰へ、腰から腿へと流れるラインを行きつ戻りつしていた。

（気持ちいい……）

真緒の快感は瞬く間に膨らんだ。

胸に顔を埋められ、真緒は声はあげた。抑えようにも抑えられない。まるでその先の愛撫をねだっているような、鼻にかかった甘え声だ。

「可愛い……」

優しいキスの雨は、今は両の乳房の丸みに降り注いでいる。硬く頭をもたげはじめた乳首が、どんどん感じやすくなっていくのがわかった。

「……や、あ」

わざとなのか、焦らしているのか。時々、唇が敏感なその場所を掠《かす》めるのが堪《たま》らなかった。もどかしい愛撫が、真緒を思うままに揺さぶった。

「……っ」

彼に撫でられている腰のあたりに快感が集まってくる。秘花を隠した半身が熱く重たくなってくる。

亨は幾度かの夜にも囁いたのと同じ台詞《ことば》を口にした。赤くなった真緒が可愛いと言って、焦らされ続けた乳首に口づけた。

「ここも可愛い」

右に左に軽く唇を押し当てる。

「……あぁ」

真緒がまた甘えた声を上げた。

「あなたは色が白いから、血の色が透けると余計に綺麗に見えるんですね」

彼がしゃべるたび、乳房に息がかかってくすぐったい。

「ピンクが似合うはずです。真緒さんを抱いて知った、あなたの魅力のひとつです」

くすぐったさの余韻はいつもより早く快感へと変わり、さっきまでキスされていた乳首が疼いた。

「……真緒さん」

彼の指先が、小さく勃ちあがったそこを撫でた。

「ここ、苛《いじ》められるの好き？」

(そんな……)

燃える何かを押し当てたように、こめかみがぎゅっと熱くなった。

「答えられない？」

恥ずかしくて素直になれない真緒を、亨はきっとわかっている。

「じゃあ、身体で教えて」

ベッドでの意地悪な顔を初めて覗かせた亨は、真緒の乳首を唇で挟んだ。柔らかく食む。次にはごく軽く、だが何度も吸われて真緒は喘いだ。

「あ……、は」

秘花に指が潜り込んでくる。

「こんなに……」

彼の愛撫にどれほど夢中になっているのか。二本の指はその証拠の蜜をすくいあげるように動いている。

「や……」

「嫌？」

「……恥ずかし……いです」

いつものようにそれしか言えなかった。亨は恥ずかしいのは自分も同じだと言った。彼は真緒の手を取り、自分の分身に触れさせた。

（亨さんの……、熱い）

手を離しても、熱は指先に残った。

「羞恥は快感の呼び水になるんです。もっと気持ちよくなれる。真緒さんだけじゃない。私も一緒にです」

亨は真緒の乳房を唇で愛しながら、秘花の深いところまで指で開いた。亀裂にそってゆるゆると行き来させる。

「亨さ……ん……」

彼の手は滑らかに動き続け、滲《にじ》み出る蜜がその指を濡らしていく。真緒の両足から力が抜けると、秘花の綻びが大きくなった。

「可愛いですよ」

囁く声が掠れていた。息を乱しはじめた彼に、夢中になっているのは自分だけではないのかもしれないと胸が高鳴る。

亨は花弁に埋もれた快感の芽を見つけた。

「ここ？」

そっとつつかれ、真緒の腰がひくりと揺れた。

「ん……、……駄目……」

言葉では拒むけれど、身体は喜んで受け入れている。蜜を塗りこめるように撫でられると、もっと触れてほしくて花芽がぷくりと膨らんだ気がした。

下を嬲《なぶ》られ、乳房もキスで弄《もてあそ》ばれて。

（すごく……気持ちい……）

どこまでも追いかけていきたくなる快感だった。

（亨さんもきっと……）

真緒はもう一度、彼の分身に指を伸ばしていた。

再び触れた彼は下腹につきそうなほど、雄々しく勃ちあがっていた。

（さっきより熱い……）

その熱さを愛《いと》しく思う感情がふいに込み上げ、真緒は彼を手のなかに包んでいた。亨は真緒の行為に驚いたようだったが、拒むそぶりも見せなかった。

真緒は手を、硬く張りつめた幹にそって動かした。彼が自分にしてくれるように、優しくゆっくりと愛する。

「……っ」

やがて何かを押し殺したような微《かす》かな声が、真緒の名を呼んだ。

「真緒さん……」

真緒が目を開くと、自分の愛撫に素直に身を委ねる彼の、無防備な表情《かお》があった。

スーツを着ている時には決して見せない、乱れた前髪。

眉間にも、見たことのない皺《しわ》が寄っていた。

悦びに堪える苦しげな表情。


こんな皺ひとつに真緒の心は揺さぶられる。

今、目に映る彼を、たとえ一瞬でも誰にも見せたくなかった。独り占めしたかった。

これが尾形の言っていた、理由も理屈もなく自分を激しく揺さぶり動かす感情なのだろうか。

真緒はただひたすら亨が欲しかった。死ぬまで彼を自分だけのものにしてしまいたかった。

「亨さん」

泣きたいぐらい胸を締めつけられた真緒は、亨の頭を抱くようにして、寄せられた眉間に口づけていた。

「真緒さん……」

亨は真緒を痛みを感じるほどの強い力で抱きしめた。

「結婚が決まってから、真緒さんについて幾つもの発見をしました」

亨は真緒の髪に顔を埋めた。

「でも、あなたを知るための時間は、今まで見えていなかった自分自身を知るための時間でもあったんです」

亨の乱れた息が、真緒の額にかかる。

「私は自分は性的欲求が薄い方だと思っていました。もしそうした欲望が頭をもたげても、意志の力で簡単に捩じ伏せてしまえる自信がありました。……違っていました。初めてあなたをベッドで抱いてからは、いつも頭のどこかで今夜のことを思っていました。仕事中なのに、気がつくと真緒さんのすべてを自分のものにする場面を妄想していたことまでありました」

「あなたが欲しかったんです」と、思いつめた声が言う。「ずっと我慢してきたんです」と、亨は真緒を抱きしめる。

「あの日……。真緒さんが私に嫁ぐためのドレスを着てくれた日を境に、待つしかない私の苦痛は恐ろしいほど膨らみました。まだ日が高いのに、場所もわきまえずにあなたを抱いてしまった時の記憶が幾度も蘇っては、私を追いつめました。だから、式の間も今夜のことで頭がいっぱいでした」

彼の速い呼吸と、真緒の呼吸が重なる。長いキスの後、「いいですか?」と彼は聞いた。頷く真緒にどんな迷いも躊躇《ためら》いもなかった。

柔らかく押し広げられた両足の間に亨を受け入れる。

「……ん」

彼の愛撫で緩み綻んだ花に、脈打つ猛りが押し当てられた。彼の分身は花弁を分け、二人がひとつになれる場所の上を二度、三度と滑った。

「もし、あなたが辛くてもやめられないかもしれない」

「平気……。大丈夫です」

真っ直ぐ相手見つめる互いの視線に背中を押される。

真緒の入り口に、彼の先端が潜り込んだ。

亨が入ってくる。

(亨さんが私のなかに……)

とうとう彼が私のすべてを奪ってくれる。そう思うと、真緒の閉じた瞼の裏に温《ぬる》いものが溜まった。

（私もずっとあなたが欲しかった）

真緒もまたドレスを選んだあの日からずっと、苦しいぐらいに強く彼と結ばれる今日を願ってきたのだ。

狭い路をいっぱい拡《ひろ》げられ、隙間なく彼に埋められていく。破瓜《はか》の引き攣《つ》れる痛みは、彼が動きはじめると次第に燃えるような熱に変わっていった。

「は……あ……」

「真緒……っ」

下半身ごと揺さぶられる。亨は腰を打ちつけるようにして、真緒の路を奥まで拓いていく。

「嬉しい……」

想いは自然と溢れた。

裸身なのにウエディングドレスを纏《まと》っているような、真緒は不思議な感覚に囚《とら》われていた。彼の選んでくれたドレスのピンク色と、彼と将来を誓ったドレスの純白と。二つの色が真緒の瞼の裏で混じり合い、美しい輝きを放っている。

「真緒さん……、とても快いです」

彼はまた切なげに微かに眉根を寄せた。

「私も……」

身体のなかで暴れるヒリヒリとした熱いものが何なのか。肉体の悦びはまだぼんやりとして、真緒には掴みきれない。だが、喜びに震える心に身体がすぐに追いつく予感があった。

「や……あ」

幾度も擦られ、真緒の路は蜜に塗れる。とろとろに溶けていく。

一瞬ふわりと意識が遠ざかり、大な波が次から次へと寄せてくる。助けてと縋った真緒を、亨は長いキスで受け止め包んだ。

一度ギリギリまで引き出された彼の分身が、一気に真緒を貫いた。

「ああ……っ」

真緒が背をしならせた瞬間、秘花の奥で熱いものが弾けた。


「真緒さん、あなたと結婚する決心をして良かったと思っています」

まだ熱の引かない身体を彼に預けた真緒が、静かに目を閉じ、今日という夜を迎えられた幸せに浸っていた時だった。

「あなたは？　あなたも今、私と同じ気持ちでいてくれていますか？」

「はい」

真緒はもう十分だと思った。

(私と結婚して良かったって思ってもらえてる。それだけで今は十分じゃない。愛してるって言ってもらえなくても、亨さんの気持ちは十分私に向いているんだもの)

「本当に？」

一瞬、真緒を抱きしめる腕に力がこもった。

「……本当に？」

「本当です。――亨さん？」

どうして何度も確かめるんですか？　怪訝《けげん》に思う真緒の気持ちが伝わったのだろう。

「真緒さんは以前、見合い以外で知り合った相手のなかに気にかかる存在がいたと教えてくれたでしょう」

(え……？)

真緒は慌てて首を横に振った。とんでもない誤解をされていると思った。姉の婚約者だった彼に何年も片想いしていただけで、

「そんな相手は――」

いません――と言いかけた真緒の言葉を、亨はキスで遮った。

「いいんです。過去がどうであっても、あなたはもう私の妻です。私のものなのですから」

亨は一度離した唇を、今度は深く重ねた。言葉通り、真緒のどんな過去も受け止めようとする

決意のこもった情熱的なキスだった。

亨は真緒と並んで横になると、手を繫いだ。

「真緒さん、尾形の言っていた私たちと同じような結婚をしてうまくいかなくなった二人のことですが、どちらも大学時代の友人なんです」

亨は真緒と指と指を絡め、しっかりと繫いだ。

「彼らのほかにも家の事情を優先して結婚相手を決めたカップルを何組か知っていますが、私の祖父母や両親のようにうまくいっている家庭の方が少ないですね。幸せな夫婦関係を築こうとしても、色々難しい問題にぶつかるみたいで。気持ちは離れているけれど、社会的、経済的に満たされているから一緒にいる。残念ながらそう割り切って暮らしている話も洩れ聞こえてきます」

亨と尾形の友人夫婦は、結婚当初から相手に対する気持ちに温度差があったという。つまり妻が夫を想うほど、夫は妻に愛情がなかった。真緒は胸がざわざわしてきた。自分と亨の場合《ケース》に似ていると思ったのだ。

「夫の行動を監視したり制限したりと妻の束縛が酷くなって、結局は破綻した。別れた後に彼女がストーカー化してしまい、相当大変だったみたいですね」

(ストーカー……)

真緒も長谷川の一件で身をもって知っている。一方的に募らせる想いは、過ぎれば恐ろしい執着心に変わる。相手を必ず傷つける。自分のなかにストーカーの種が眠っているとは思わないが、亨との別れを想像するだけで涙が出てきてしまうこの気持ちは、今の彼には十分に重たいはずだ。

「私と真緒さんはとてもうまくやれていると思います」

亨は真緒の手を強く握った。

「はい。私も安心しています」

真緒も彼の手を同じように強く握り返した。

彼が心地良いと感じている今のバランスを保っていきたい。亨への抱えきれないほどの想いは秘めたまま、決して振り回されないように。彼が自分に向けてくれる好意をもっと欲しいと、わがままにならないように。

「真緒さん……」

躊躇いの感じられる声に、真緒は亨の方を見た。

「私との結婚を決めてから今日まで、泣いたことはありますか？」

突然の質問に驚いた真緒は、彼を見つめ返した。亨の眼差しは真剣だ。真緒は大きく首を横に振った。

「ありません」

「あなたを泣かせたくない」

彼の冷たい瞳の奥で、真緒だけが知る熱のこもった色が揺れている。

「今日、将来を誓い合っている時、思いました。いつでも真緒さんが笑っていられるようにするのが、夫である私の一番の務めです」

「亨さん……」

夫婦となって初めて迎えた夜は、真緒には喜びで何度も胸を締めつけられる幸福な夜になった。

「ただし……」

「はい？」

「笑顔の大盤振る舞いはなしですよ」

「え？」

「式の時に伯父が言っていたでしょう？　あなたの笑顔は男を引き寄せるんです。現に伯父自身も、尾形だってそうだったんですから」

「私を気遣って褒めてくださっただけです。亨さんの考えすぎです」

「そうでしょうか？」

繋いだ手をグイと引いたその仕種がどこか子供っぽくて、真緒は微笑ってしまった。

(今日からはもっと頑張りたいな)

運命の悪戯《いたずら》のごとく、ある日突然舞い降りてきた片想いの彼との結婚。真緒には今日がゴールではなかった。

(お姉ちゃん、ここまでやってこられたんだもの。心配してた相性の問題は、もう大丈夫だよね。あとは……)

いつか愛していると言ってもらえたら。

十数年も許嫁だった、結婚するつもりでいた姉にも愛しているとは言わなかった人だ。彼にとってその言葉は、特別に大切なものに違いなかった。

いつか愛していると告げてもらえるように、自分の想いを今まで以上に行動にかえて伝えよう。亨のためにできることは、なんでも努力したい。彼が自慢できるパートナーに成長することも、大事な目標だ。

そうすれば、自分の方へ大きく傾いた愛情の天秤《てんびん》もいつかは釣り合う。その日がきたら、きっと愛していると言ってもらえる。

――そんな未来への希望をつかんだのが、真緒にとっての今日という日だった。

もし、ほんのわずか、心の水面に落ちた滴ほどの不安をどこかに探すとしたら……。

好事魔多し。

物事がうまく進んでいる時ほど、邪魔が入りやすいという。

真緒の心の片隅に、自分たちとよく似た関係の夫婦の話が引っかかっていた。愛情のアンバランスがきっかけで結局は壊れてしまったという、あの……。

真緒の元に差出人不明の手紙が届いたのは、二人がハネムーンに出かける前の日だった。

第五章

二人が新婚旅行に出発したのは、式をあげた翌週だった。亨の仕事の都合で、どうしても数日間の出社を挟まなければならなかったのだ。

その不審な手紙は、出発前、いったん新居に戻った真緒の元に届いた。

何の疑問も抱かずに開けてしまったのは、式をあげたばかりで浮かれていたのもある。知人の一人に名前や住所が人目に触れるのを嫌がり、封筒の裏書きをせずに手紙を送ってくる女性がいて、そういうスタイルもありだと警戒心が薄れていたこともあった。

大丈夫だよ。

待っていて。

助けに行くからね。

(どういうこと？　いったい誰が……？)

差出人についても、印字された文面についてもまったく心当たりのない真緒には、ただただ気味が悪いだけの手紙だった。

亭に見せようとして思《おも》い止《とど》まったのは、尾形の話が強く記憶に残っていたからだった。本郷グループの御曹司である亭は、学生時代からトラブルに巻き込まれることが度々で、ひとつ対処を間違えればマスコミに騒がれたりネットで炎上したりする。企業イメージにも関わってくる。

(私は本郷真緒になったんだもの。この手紙も扱い方次第では、彼に迷惑がかかるかもしれない。慎重にならないと)

真緒はしばらく様子をみようと決めた。もし、不審な出来事が続いたら、

(尾形さんに相談しようか？　私はどうしたらいいのか、亭さんに打ち明けた方がいいのか黙っていた方がいいのかも、アドバイスしてもらおう)

尾形も力になってくれると言っていた。なんでもドンと受け止めてくれそうな彼のがっしりした身体と、前向きエネルギーに溢れた笑顔が、ざわつく真緒の心をとりあえずは落ち着かせてくれた。

蜜月へと向かう機上では真琴の頭に確かにあったはずの手紙の存在が、いつの間にやらどこかへ押しやられてしまったのは、思い描いていたよりもはるかに幸せな一週間がはじまったからだった。

（いくら仕事の参考になるからと言ったって、スケールが大きすぎるでしょう！）

ハネムーンではどこに行こうか。亨と話し合っていた時だった。真緒は彼が数年前、あるものの購入を思い切って決めた話を聞いて、とても驚いた。あまりにスケールが大きく、かつ贅沢すぎたからだ。

ワン・アイランド　ワン・リゾート。

亨は南洋に浮かぶ無数の島のなかの一島を買い、オーナーとなった。

「観光事業をまかされるという話が出た時にね。こういうタイプのリゾートにも興味があって、ぜひ自分で納得いくまで体感してみたいと思ったんだ」

小さな島のたったひとつしかない茅葺《かやぶ》き屋根のヴィラは、亨専用だ。彼は多少の無理をしてでも時間を作って、年に一度のペースで足を運んできたという。

「いつも一人でした。でも、これからは真緒さんと一緒ですね」

真緒はハネムーン先をその島にしたいと聞かされた時はびっくりしたけれど、とても嬉しかった。今まで亨が誰も入れなかった彼の隠れ家的な場に、妻になったとはいえ自分が初めて招かれたのだから。

実際、訪れてみると、これほどハネムーンにふさわしい場所はなかった。

現地には、アイランド・マネージャーと呼ばれる島の管理をしてくれる地元の人間がいる。オーナーの亨が滞在している間は、彼が食事の用意から身の回りの雑事まで、すべて引き受けてくれる。もちろん、今回の旅行のように夫婦二人の時間を邪魔されたくないと思えば、そう伝えればいい。彼は毎日必要な仕事だけを手早く片付け、早々と島を去ってくれる。

プライバシーが守られた島では、他人の視線を気にすることもない。心身ともに芯からリラックスしてのんびりした時間を過ごすことができるのだ。

小さいが一国の王と王妃にでもなったような、そんな贅沢なバカンスを、その朝も真緒は言葉にできないような幸福感と一緒に味わっていた。

(亨さんと結婚した実感がようやく湧いてきたところだったのに、また夢の世界に引き戻されちゃう)

手にかかる水の冷たさが、いや、夢ではないよ。あなたは彼の花嫁になれたんだよと教えてくれる。ヴィラに作り付けのシンクで、真緒は二人のために作った朝食の後片付けをしていた。今朝も亨の食器は食べ残しなしで、どのメニューも綺麗に完食してくれていた。

(本当に静か……)

島に来て迎えた三度目の朝だった。

真緒は瞼を閉じた。静けさに耳ではなく肌で触れている。幾度目覚めても、そのたびに新鮮に感じるほどの静寂だった。

音のない世界に満ちているのは、穏やかな水面を渡りゆく風と海の匂い。日本とは違って、空気も潮香もからりと乾いている。

(これは……果物の香り?)

この小さな島には、名前も知らないフルーツをたわわに実らせた木も植えられていた。甘い香りを降り零しているのは、果実だけではなかった。真緒の閉じた瞼の裏に広がるのは、色とりどりの大輪の花たち。こうして良い香りに浸っていると、ますますロマンティックな気分になってくる。夫となった人と過ごす島での時間を、このうえなく幸福に感じる。

「手伝いましょうか?」

いつの間にやってきたのか。ふいに後ろから腰に両手を回され、抱きしめられた。スーツを派手な柄物のシャツとデニムに変えても、亨の上品で端正な魅力は変わらなかった。

「今朝のオムライスも美味しかったですよ」

真緒をもっと幸せにしてくれる声が、耳元をくすぐる。

「初デートの時に食べた、私にとっては忘れられないメニューです。思い出がこもっている分、美味しさが増しますね」

「嬉しいです。私にとっても特別な料理ですから」

ごく自然に、そうするのが当たり前というように、亨は真緒の耳朶やうなじにキスしている。

キスから生まれた熱は、ふとした瞬間、ベッドでの記憶を蘇らせる。

真緒の幸せは、まるで止《や》むのを知らない雪のように、彼と身体を重ねるたびに心のなかに降り積もっていく。

昨夜も彼は求めてくれた。

「真緒……」

ベッドの上でだけ、呼び捨てにしてくれるようになったのも嬉しかった。二人にとって特別な時間を過ごしている気持ちにさせてくれるから。

「少しでも苦しい時は言ってください」

初めての身体を気遣い続けてくれる彼の優しさにくるまれ、たとえ苦しいと感じる時があっても、真緒にはすべてが喜びでしかなかった。痛みだったかもしれないものはやがては別の熱い何かに変わって、二人の夜を重ねるにつれ、真緒は亨が与えてくれる快感により深く酔えるようになっていった。

私の腕のなかにいる時のあなたが一番可愛い、何度でも欲しくなるほど魅力的だと言ってくれた亨。

「私に経験があってあなたにないのは、不公平な気がしていました。突然私と婚約などしなければ、真緒さんならほかの男と恋愛を楽しむ機会もたくさんあったでしょう。でも、そんなふうに思うのは、実は私の負け惜しみだったと今ならわかります。私があなたの初めての相手になれて本当に良かった。こんなふうに乱れても可愛いあなたを、私以外の誰にも見せたくありません」

昨夜の亨は、眠りに落ちる間際そう囁いて、優しく抱きしめてくれた。


あれこれ思い出しているうち、真緒の頬は性懲りもなくまた熱くなってきた。

「真緒さん、この髪飾りは手作りですか?」

亨に問われて、真緒は慌てて昨夜の余韻を振り払う。

ちょうど食器を洗い終わったところだった。

「ええ。島の花は摘んでもいいと教えてもらったので」

真緒は水を止めた手を髪にやった。右耳の上に、瑞々《みずみず》しい張りのある花びらの感触。朝一番に摘んだ二輪で作った、即席の髪飾りだ。

「軽くまとめて差してるだけなので、手作りというほどでは」

長持ちはしないが、真緒の思い出のなかでは永遠に咲き続けるに違いない白い花たち。淡いピンクの花柄の、裾に大きなフリルのついた今日のサマードレスとは、相性が良かった。南の島のバカンスでなければできないお洒落だ。

「似合いますね」

「亨さんにそう思ってもらえるのが一番嬉しいです」

亨が微笑む気配がして、彼は花にちょこんと口づけた。

「理緒さんは小学生の頃から華道をやっていたでしょう。花好きは真緒さんもなんですね」

「はい。実家の花壇の水やりは、私が立候補して担当してたんですよ」

「お姉さんの影響もあるのでしょうが、真緒さんはもともと愛情深い人なんだと思います。たとえば植物やペットのような、接する人間次第で簡単に弱い立場に追いやられてしまうものたちに普段から心をかけている」

彼がこうして褒めてくれる時、真緒は改めて努力しようという気持ちになる。彼の言葉に恥じない自分であるための努力だ。

「そう言えば、昔、市原の家で預かっていたトイプードルも、あなたに一番なついてましたね」

「ええ……」

もうすぐ、秋には亨のビジネスに関わる大切なパーティが控えている。日本に帰ったら、亨のためにも彼のパートナーとして紹介されるにふさわしい女性になるべく、やれることを具体的に考えなければ。

「真緒さん……？」

亨はふと思い当たったように、真緒の顔を覗き込んだ。

「このヴィラの何箇所かに花が飾ってありますよね？　マネージャーの彼の仕事です。それが時々気がつくと場所が変わっていたり、アレンジが変わっていたりしているのは……。ひょっとして、あなたが？」

どうやら驚いているらしい彼に、真緒はドキドキしながら答える。

「私です。こっちに置いてあった方が余計に目を楽しませてもらえるなと思った時や、この花の組み合わせの方が好みだなと感じた時は、つい……。すみません。勝手なことをして」

亨は首を振った。

「あなたの手が入った方が、私にも合っています。癒やされます」

亨の瞳にある驚きは、まだ消えていなかった。

「真緒さん。私があなたの家を定期的に訪ねていた頃にも、似た経験があります。いつからか、目に入る場所に緑がよく飾られるようになりました。花瓶には、私の好きな種類の花や好きな色の花が生けられることも増えた。もしかしたらあれも、あなたの気遣いだったのですか？」

「たいしたことじゃないです。姉によく聞いてたんです。あなたが学校の勉強と平行して会社を継ぐための勉強もしなくてはならなくて、かなり大変そうだって。疲れをとるのに少しでも役に立ちたいと思ったんです」

「そうだったんですね……」

今日初めて気づかされた事実を大事に抱きしめるように、亨は真緒をもっと胸の深いところに引き寄せた。


「知らなかった。私はそんなに昔からあなたに大切にしてもらっていたんだ」


真緒の心臓がとくんと鳴った。

(そんなに昔から私はあなたが好きだったんです)

心のなかでそっと告げながら受ける口づけは、余計に切なく甘い。

「なんだかあなたからも花の香りがしますね」

真緒から離れた唇が、ゆるやかな微笑みのカーブを描いた。

「真緒さん」

「はい？」

「私はそんなにキスが下手ですか？」

今度は、真緒をからかう悪戯げな微笑み。

「だってあなたは、いまだに少し緊張しているでしょう？」

亨は「それともマネージャーが気になりますか？　大丈夫。彼とは何を見ても見ないふりをする契約を交わしてますから」と、また微笑んだ。

（あの……。下手とかマネージャーとか関係ないんですけど。たぶん私があなたに今も恋をしているのが原因です）

真緒は心のなかで反論しつつも、

（亨さん、また笑ってくれた）

彼の笑顔に見とれた。

島に来てからというもの亨には、はっきりと表情《かお》に出る笑みが増えていた。

真緒にはそれが嬉しかった。彼との結婚を決めた時には想像もできなかった未来に自分たちはいる。

亨の言葉は正しかったのだ。心と身体はどちらかが前になり後ろになりして一方がもう一方を引っ張り、二人の関係を前へと進めて行く。自分たちの間に横たわっていた見えない障害も乗り越え、進んでいく。

どちらも決して口にはしないが、姉の理緒もハードルだった。真緒も亨も無意識のうちに話題にするのを避けてきた姉という存在を、すんなり会話のなかに登場させることができるようになったのは、大きな進歩だ。もう真緒は自分たちの結婚のはじまりに姉の存在を見ていない。亨もきっとそうだろう。

「出会って十年以上経つのに、その間、二人はろくに目を合わせることもなく時間を無駄に過ごしてきました。私たちには話すことがまだまだあると思いませんか？」

楽しそうな亨を見ていると、真緒の心も弾んでくる。

「明るいうちは予定通り海を楽しむとして、夜は食事の後に特別なトークタイムをとりましょう」

亨は真緒を連れて行きたかった場所があると言った。

「どこですか？」

亨は真緒の質問には、微笑みで答えた。今度は少年時代に戻ったような、無邪気な笑顔だ。

「酒も忘れず持って行きましょう。クーラーにあなたの好きな果実酒で、まだ飲んでないのがありましたよね」

「でも私弱くて。すぐ酔ってしまいますよ」

アルコールが美味しいと感じるようになったのは、亨と晩酌するようになってからだ。真緒は自分が人より少ない量で、つまりは短時間で酔っぱらいになれることも知った。それほど度数の高くないものでもすぐに全身に回って、背中に羽でも生えたみたいにふわふわしてしまう。頭のなかまでふわふわ、脳味噌《のうみそ》を動かすのが面倒くさいような心地になるのだから、自分でも危なっかしいなあと思う。

「酔った方が、真緒さんの緊張が解けるからいいんです。すごくリラックスできるでしょう？　私も色々な話が聞けます」

「おしゃべりが盛り上がるのは、そうなんですけど……」

「酔った真緒さんも可愛いので問題ないです」

（いえ、ありだと思います！）

お酒で緊張が解けるのと一緒に、身体に入っていた力が抜ける。自分でもわかるぐらい隙だらけになって、そんな時に可愛いと囁かれたりすればあっと言う間だ。秒で押し倒されてしまう。

時にはこちらからはしたなく彼にしがみついたり、抱かれながら記憶が飛び飛びに抜け落ちたりと、思い出すたび消えてしまいたくなる恥ずかしい失敗を、真緒はとっくにもう経験済みだった。

（気にする方がおかしいのはわかってる）

私たち夫婦になったんだもの。恥ずかしがることはない。

けれど、何度そう自分に言い聞かせても、恥ずかしいのはやはりどうにもならないのだった。

二人の関係は進展しているのに、真緒の胸の高鳴りは初デートの時とまるで変わっていなかった。

その夜――。

真緒は亨と、まさに時間を忘れておしゃべりに夢中になった。

真緒は自分のなかに、彼に聞いてもらいたいことがこんなにもたくさんつまっていたとは知らなかった。そして、彼にもたくさん聞かせてほしいことがあった。友達のことや家族のこと。学校でのことや会社でのこと。出会って今日までそれぞれが重ねてきた日々を語るのは、単に思い出話をするのとは違っていた。お互いをもっともっと知りたい。その願いを叶えるためには欠かせない、大切な作業だった。


「こんなにいっぱいの星、私、見たことありません」

天上を見上げた真緒は、そのままパタンと後ろに引っくり返った。弾みでドレスの裾が乱れても、直そうという気にもならなかった。

南国の果実を漬け込んだルビー色の酒の、とろりと甘い口当たりに誘われ、いつもは一杯で終わらせるところを二杯目をねだってしまい……。心地よく酔いの回った真緒の頭は、細かいことなど、どうでもよくなっていた。自分たちにとって大切なことだけを、ただしっかりと抱きしめていたい気分だった。

「綺麗。こういうのを映画のワンシーンみたいって言うんでしょうね」

昼間の陽差《ひざ》しの強さを忘れる冷たく澄んだ空気が、二人を包んでいる。

海を渡ってきた風が、時折緑の梢《こずえ》を揺らし、衣擦《きぬず》れにも似た音をたてている。

目線を下げれば、疎《まば》らな木々の間にチラチラと覗くオレンジ色の光。あれは、ヴィラから洩れるランプの明かりだ。


ここは、亨が二人のために用意してくれた特等席。

島で一番、星が綺麗に見える場所。


ぽっかり空いた草地にクッションの効いたシートを敷いただけ。テーブルも椅子もなく、酒やおつまみを入れて運んできた籠がひとつ、置いてあるだけ。けれど、日本を遠く離れたこの海の上の星たちには、たとえば公園のベンチを大劇場のロイヤルボックスに変えるだけの力があった。

ダイヤモンドよりも美しい輝きを生き生きとして放つ、何千個、何万個の星々。

もし、二人が言葉もなく沈黙していたとしても、真緒の心は十分満たされただろう。素晴らしい景色を分かち合える喜びは、これからの人生、愛する人と同じ場所、同じ時間を共にする幸福に繋がっていた。

ふと隣を見ると、亨も真緒の真似をして長い手足を投げ出し、寝転がっていた。

（私の旦那様は綺麗な人だなあ）

優しく柔らかな星明かりのなか、彫像のように整った亨の横顔に、真緒はまた見とれた。ドキドキと胸が高鳴る。慣れることなど一生ないだろう。自分はきっとおばあさんになっても、彼への恋心を募らせ続けるのだ。

「亨さん、お仕事は大丈夫ですか？　なにかトラブルでもありましたか？」

真緒は昨日から少し気になっていたことを尋ねた。亨が不思議そうに真緒の方を向いた。

「なんとなくですけど、スマホを見ている時の顔が日に日に難しくなっている気がしたので」

旅行前、亨はよほど重大なトラブルでも起こらない限り会社からの連絡はシャットアウトすると言っていた。ただし、仕事関連の情報はリアルタイムでチェックする必要があるため、定期的にスマホやパソコンを覗かなければならない。律義な彼は旅先でその時間を取ることを、真緒に話して許可を取っていた。

亨は束の間、真緒の顔を見つめていたが、「気のせいですよ」と小さく首を横に振った。

「ただ、尾形の話が気になって、理緒さんの状況も時々一緒にチェックしてたんですが……」

「お姉ちゃんの？」

「一般人なのに芸能人のような騒がれ方をしていて、確かに大変そうです」

「そうなんですね」

真緒は、一瞬浮かせた頭を落とした。

理緒が会社に所属していた頃から、独立という将来の目標に向け、各業界に人脈を築いてきたのは真緒も知っている。イベント企画という仕事の性格上、芸能界も例外ではなかった。今回、理緒がマスコミで騒がれるようになったのも、当時知り合った芸能人の一人がきっかけだった。そこまでは真緒も式の後に知った。

去年ドラマで演じた敵役のキャラが評判となり、遅いブレイクを果たしたアラサー女優だ。

「先月、その彼女が結婚したんです。一般人の相手と、出会って一週間の電撃婚です。準備の時間がほとんどないなか、結婚式のプロデュースを引き受けたのが理緒さんでした」

式そのものよりも、花嫁のトータルコーディネート——衣装をはじめヘアメイク、ブーケから花嫁姿を一番美しく見せるスポットの加減まで——の素晴らしさが評判になった。

「花嫁自身も大絶賛でした。自分の希望を十二分に取り入れたうえで、かつ個性的な演出もされていて、とても満足したそうです。彼女がネットにあげた式の写真はあっと言う間に女性たちの間に広がりました。女優の彼女にとっては二度目のブレイクのようなもので、歓迎すべきことではあるでしょう。でも、理緒さんにとっては良いことばかりとは言えないかな。仕事は増えるでしょうが、身の周りがうるさくなる」

尾形の分析通り、理緒の美貌と市原産業の社長令嬢であることが周囲の興味をいっそうかきたてているらしかった。式からまだそれほど日は経っていないが、彼の危惧は現実となり、理緒のプライベートをほじくる記事が急激に増えているという。

「お姉ちゃん、大丈夫かな」

「相当の覚悟で独立したんです。理緒さん本人は、ちょっとやそっとのことでは挫けないでしょう」

亨にそう言ってもらえると、真緒は大分安心できる。

「それよりも家族や自分の周囲に迷惑がかからないか、彼女はそっちの方を気にかけると思います。ストレスは溜まるでしょうね」

「ええ……」

改めて確かめたわけではないが、やはり姉が口にしていた心配事とは、このことだったに違いない。

「真緒さん」

気のせいだろうか。亨の表情が少し強張って見える。

「真緒さんには、一連の騒ぎに関する記事や書き込みを読んでほしくない」

「え……」

実は日本を発《た》つ前、姉にも同じことを約束させられていた。だから真緒は、この件についてはあえて調べようとしなかったのだ。

「憶測だけで書かれた記事や、事実をねじ曲げた記事が多すぎます。ネット上の噂話《うわさばなし》となると、輪をかけて悪質なものがほとんどです。そんなものを読んで、真緒さんが嫌な気持ちになる必要はありません」

亨は真緒の手に手を重ねた。

「私はあなたが傷つくのは嫌なんです。だから……」

「亨さん……」

真緒の、こんなところまで酔いが回って火照った指を、亨のひんやりとして少し冷たい指が強く握った。

「理緒さんのような有能な人間には敵も多いが、応援する人間も多い。私もその一人です。大丈夫。真緒さんは理緒さんからＳＯＳが出た時に、駆けつければいいんです」

「そうですね。そうします」

真緒は亨の指に指を絡めて、握り返した。


夜は深まる。

美しい星空の下、弾む会話と重ねる酒と。少しずつ少しずつ甘い蜜を垂らすように、二人は濃密な空気に閉じこめられていく。

自分は今、彼のすべてを独り占めしている。亨の瞳に映るのは私だけ。彼の言葉を聞いているのも私一人。そう思えば、この広い世界にたった二人だけ取り残されたような気分が、真緒には淋《さび》しいどころか幸せだった。

「真緒さん。理緒さんの話をしていた時、『お姉ちゃん、大丈夫かな』と言ったでしょう？　あの時の心配するあなたの目を見て、思い出したんです」

さっきまで少しだけ離れていた二人の肩は、今はもうひとつに寄せられている。

「ああ、この目を私は知ってる。私にもよく向けられていた目だって。今ならわかります。あなたの家に通っていた頃、私が疲れていないか、沈んだ気持ちでいないか、絶えず気遣ってくれていた目でした」

ゆっくりと過去をたぐり寄せる亨の口調にも、珍しく酔いの色が滲《にじ》んでいる。

「私がそのことを思い出せたのは、今朝の忘れられない出来事がきっかけです。あの頃のあなたが私のために黙って花を飾ってくれていた事実を知ったからでした」

亨が真っ直ぐに真緒を見ている。

「真緒さん……」

熱を帯びた強い眼差しに、真緒の胸は苦しくなった。

アルコールに侵され鈍くなった感覚は、彼に対してだけは驚くほど敏感だった。身体中の神経が、亨一人に向いているようだ。

「私は今夜、とても大切なことに気がつきました」

「……なに？」

「いつも理緒さんの後ろに隠れていたあなたを、私はよく見ているんです。一緒に何をしたわけでもないのに、あなたの思い出がたくさんある。その証拠にさっきまでのおしゃべりで、あなたの話題がつきなかったでしょう？」

言われてみれば、真緒も不思議だったのだ。亨は真緒自身が忘れていたエピソードを――どれも取るに足らない日常のささやかな出来事ばかりだ――幾つも覚えていた。

「もしかしたら……」

亨は真緒を抱きしめ、静かに横になった。真緒の瞳を覗き込む。

「私の気持ちは最初からあなたに向いていたのかもしれないと、そう信じたくなりました」

「え……」

真緒の目がふっと大きくなった。

「だからきっと、迷うことなくあなたと結婚したいと思ったんです」

真緒は驚いた。本当ですか？　と聞き返す声も出ないぐらい。

喜びが込み上げてくる。

本当なら嬉しい。

（ううん。亨さんがそう考えてくれただけで嬉しい）

大きすぎる喜びは胸を塞いで、言葉にならない。

「真緒さん……」

自分の背に両手を回した真緒に、亨はキスで応えた。唇を深く重ねる。

「……真緒……」

熱い息に紛れた声が、速い呼吸が、亨も珍しく顔に出るほど酔っていることを教えていた。

「私はずっと結婚したかった真緒さんと式をあげて、あなたの夫になりました」

「……はい……」

「夫には妻のことをなんでも知る権利があるんです」

キスの合間の会話も、口づけの延長のように唇が微かに触れ合う。二人の息が交わる。

「あなたの初めてのキスの相手が誰か、教えてください」

「キスの相手？」

「さっきいると言ってたでしょう？」

（？　言ったかな？）

話の流れでそんな話をしたのかもしれないが、真緒には思い出せなかった。酔っぱらった頭のなか、記憶はバラバラになったパズルのピースのごとくまったく形にならない。

「真緒さんのファーストキスの相手は誰ですか？」

亨もアルコールに背中を押されてか、彼らしくないしぶとさで前のめりに迫ってくる。

「誰って……。私がおつき合いした男性は亨さんが初めてなんです。そんな相手は……」

「でも真緒さん、いると言ってましたよ」

亨はどうしても納得してくれない。こだわり続ける彼からはいつもの冷静沈着さが失われ、わがままな十代にでも戻ったようで、真緒には今夜初めて出会ったもう一人の彼に見えた。

「子供の頃というのは、何歳の時の話ですか？」

「子供の……？」

ああ——と、真緒は思い出した。どんな会話がきっかけだったかは覚えていないが、亨の質問に対する答えは見つかった。

「あんなの、ファーストキスでもなんでもありません」

「詳しく」

「え？　……はい……。小学校五年生の時です。同じクラスの男子に告白されて私は断ったんですけど、なぜかホワイトデーにチョコを贈ってもいないのにお返しされて、いきなりほっぺたにキスされちゃったんです。私が泣きだしたから、それきりです。教室で顔を合わせても、向こうが逃げだすようになりました」

突然亨に無言で抱きしめられて、真緒は戸惑った。離すまいと縋りつくような両腕が、真緒を強く抱き寄せた。

「亨さん？」

真緒が彼の身体ではなく頭を抱いたのは、自然とそうしたくなったからだった。少年にかえったような彼を宥《なだ》める気持ちで、髪をぎこちなく撫でる。亨はじっと、真緒の愛撫を受けている。

「真緒さん……」

「はい？」

「小五なら、私が真緒さんに出会った頃とそうかわらないんですよ」

「ええ」

「あの頃の真緒さんはもう私のものだったのに……」

（――え？）

「たとえほっぺたにでも、キスしたのは許せません」

「あの……？　亨さん？」

「私は嫌です」

「かなり酔ってますか？」

相手は過去の思い出話にしか出てこない少年だ。小学五年生の子供だ。なのに亨は許さないと言う。

「あなたにキスしていいのは、私だけです」

ふいに身体を起こした亨は真緒の手を取り、指先に口づけた。「唇だけでなくここも……」と、キスはそのまま指を滑って、甲や手首にも押し当てられる。たちまち真緒の背を小さな震えが這い上がってきた。

「真緒さんもわかってないなら、知ってもらわないと困るな。ほかの男に狙われる隙ができてしまう」

「隙なんて、私……」

「大丈夫。ちゃんと教えてあげます」

態度はわがままな子供でも、彼の顔は真緒を欲しがる大人の顔だ。

キスの続きが始まる。

手首の次は腕の柔らかな部分へ……。撫でるように口づけ、さらに上へと唇は流れる。あらわになった脇の内側まで丁寧にキスで埋められた時、真緒の体温は一気に上がった。

「真緒さん……」

「あ……」

「こんなふうにあなたの身体のどこにでもキスできるのは、私だけです」

繰り返し言い聞かせる彼の声は、真緒の心を甘く蕩けさせる。

キスはサマードレスの胸元へと移った。うっすら浮いた鎖骨のラインを行きつ戻りつしている唇が少しずつ熱を帯びてくるのを、真緒は驚くほどはっきりと感じていた。ここまできたら亨はもうやめないだろう。

「……んっ」

真緒は一瞬、身を固くした。ピンクのウエディングドレスを着た日のように、彼が布越しに胸に口づけたからだ。

「ああ……」

真緒は小さく首を横に振った。

(駄目……っ)

今ではあの頃より何倍も、彼の愛撫に敏感になっているから。直接触れられなくても、すぐに気持ちよくなってしまうから。

キスが乳房の形を丸く辿っている。何度も真緒の頬に戻っては軽く口づけるのは、彼一人がライバル視している小五の男子に対する復讐《ふくしゅう》だろうか。

大きな手で包まれ力を入れられ、乳房が形を変える。ツンと立った先端を、彼は柔らかく銜《くわ》えた。薄い布を通して、熱い息が乳首にかかる。覚えのある悦びが身体の芯にじわりと広がった。

「……っ」

真緒はおかしな声をあげてしまいそうになり、とっさに口を押さえていた。亨がすぐに気づいて、優しく引《ひ》き剥《は》がす。

「可愛い声が聞きたいから、駄目です」

「だって……、こんなところで……」

折しも風が葉擦れの音をいっそう濃くして、ここが外だということを教えてくれる。

「マネージャーが帰れば、この島には私たちしかいなくなる。いつどこであなたを抱いたとしても、誰も聞いていない、誰も見ていない」

「でも……」

「では、服を着たままならいいですか？」

「え？　そういう意味じゃ……」

真緒はハッと声を呑み込んだ。右膝のあたりに置かれていた彼の手が、一気に上まで上ってきたからだ。ドレスの裾が音をたてて捲《まく》れあがった。

「キスの続きをさせてください」

亨は剥き出しになった真緒の足に口づけはじめた。

白いミュールは、いつの間にか脱げて転がっている。

「真緒さんは綺麗です、とても……」

まるで高価なものを大切に抱きしめでもするように真緒の片足を抱え、くるぶしに、ふくらはぎにキスをする。キスが足の付け根目指して移っていくのを、真緒は止められない。次第に忙《せわ》しなくなっていく喘ぎ声も止められなかった。

「脱がないのが、かえって色っぽいですね」

彼の目に自分がどう映っているのか。きっと下着が丸見えのあられもない姿だろう。一瞬頭に浮かんだ光景に、真緒の心臓は熱の塊になって跳ねた。そんな真緒の気持ちを知ってか知らずか、彼のキスは際どい場所へと少しも迷うことなく近づいて行く。

「……あ」

付け根のラインは下着のラインだ。

「怖くないからじっとして」

囁く声が皮膚の薄いその場所を撫でた。真緒は思わず足を閉じようとしたが、許してもらえない。

「……ん」

さざ波となって全身に散っていく快感に身を委ねていると、彼の唇は次第に付け根のラインを外れる。

「あ……っ」

亨が本当はどうしたかったのか、真緒は触れられて知った。とうとうキスは、ショーツの上から真緒の疼く場所へと強く押し当てられていた。弾みで蜜が滲む恥ずかしい感覚に、

「……んっ」

「ん……、駄目……」

真緒は腰をもどかしげに捩った。どうしていいかわからない両手が、シートの上を泳いでいる。

「どうして？　あなたのどこにでもキスできるのは私だけです」

亨は「ちゃんと覚えてください」と、キスするのをやめない。蜜の零れる窪みを唇だけで探り当て、繰り返し触れてくる。

「や……あ……」

「誰も知らない場所にキスできるのも、私だけ……」

そのことを真緒に思い知らせたいとでもいうように、亨のキスは少し乱暴になった。ショーツのなかで濡れた花弁がひしゃげ、潰れている。でも、それが堪らなくズキズキするのだ。

（どうしよう……。気持ちいいの……）

ショーツに亨の指がかかっても、真緒は止めなかった。嫌だと言えなかった。覆い隠していたものを取り去られ、急に下半身が頼りなくなっても、彼のなすがまま。本当は彼の愛撫を待ちわびている。

「大丈夫。暗いから見えません」

「うそ……」

真緒は両手で顔を覆っていた。

「亨さんは……意地悪です……」

亨はそうかもしれないと言った。

「真緒さんの周りに、今夜聞いた彼のような男がほかにもいたかもしれないと思うと、落ち着かないんです。意地悪してでも、あなたが私のものだと確かめたくなる……」

言い終わらないうちに、真緒の熱い疼きを伝える場所にキスが落ちてきた。最初は真緒をあやすよう優しく触れ、そのうち舌が花弁の合わせ目を開いて何度も行き来をはじめる。

「ああ……っ」

恐ろしいほどの快感が押し寄せてきた。

自分で触れているわけでもないのに、潤んだ蜜のとろりと濡れた感触が真緒にも伝わる。彼にそれを知られたと思うだけで、酔いがまた深くなった気がした。

「真緒……」

「……や、あ」

「可愛い……、真緒」

「だ……め……。亨さん……。お願い……」

亨は真緒の声をもっと聞きたいと、たぶんもう十分に膨らんでいるに違いない花芽にキスを集中させた。尖《とが》らせた舌先につつかれ、くるくると転がされる。

「い……や……」

短いエクスタシーが次々と押し寄せてきて、無意識に腰がうねった。

「気持ちいいの？」

「……ん」

「教えて」

亨はわざととしか思えないゆっくりとした動きで、秘花を下から上へと舐《な》めあげた。

「昨夜はあんなに素直だったのに……」

ゆるゆると何度も繰り返しては、真緒の喘ぎを誘う。

「酔っていて忘れてしまったんですか？」と、亨は責める。

「あなたは、もっととねだってくれたのに」

そうだっただろうか？　真緒は覚えていない。でも、きっとそうなのだろうと思う。

「もっとしてとねだって、私を抱きしめてくれたのに」

なぜ、こんなに気持ちいいのだろう？　彼の声も触れてくる唇も手も、何もかもが溶けてしまいそうに優しくて……。相手が亨なら意地悪な言葉さえも愛撫になると、真緒は教えられている。

「もう……っ」

焦れた亨が花芽を唇で挟むようにして吸った。腰や下腹に溜まっていた熱が、急に温度をあげた。

救いを求める真緒の手が、もうやめてほしいと亨の髪を一房握って引いた。

亨はまだ許してくれない。そこを柔らかく食まれ、まとわりつく舌に転がされ、震えるような悦びに身体を芯から貫かれる。

「いっちゃ……う」

真緒の両足に力が入った。

その瞬間――爪先まで突っ張らせ、真緒はひと際高いところへと駆け上がっていった。

「真緒……」

亨は、快感の余韻に包まれ力の入らない真緒の身体を抱き起こした。

「真緒、すごく可愛かった」

囁いて、息を乱した真緒の背を撫でてくれる。

亭の胸に埋まる真緒は、彼の顔を見ることができない。亭はきっと、真緒が島に来て知ったあの表情《かお》をしているから。真緒の女を彼に繋ごうとする荒々しい男の顔だ。まだ知ったばかりなので、真緒には少し怖い。

だが、怖くてもその顔を向けられるのは嬉しかった。亭がいっそう愛しくなる。

「今夜は終わりにしますか？」

尋ねる声も微かに息を弾ませている。

真緒は……。

真緒は亭の背に両手を回してしがみつくと、彼の胸で首を横に振った。

「ベッドに連れて行って」

真緒は感じている。島へ来て、亭の存在がより大きなものに変わったことを。

結婚が決まり、二人で一緒に暮らすようになるなか、抑えようもなく膨らんでいた亭への想いが島での日々で揺るぎないものへと変わった。たくさんの会話を重ね、幾度も身体を重ねて……。

本郷亭という人間が真緒の人生に欠くことのできない存在として、深く心に刻まれていた。

（亭さんも変わった気がするの）

亭のなかでも大きな変化があって、それが声や態度に表れている気がするのだ。

亭にとっての自分もまた、彼に愛される存在に一歩近づけたのではないだろうか？

「あなたへの独占欲と、そこから生まれる嫉妬と……。尾形の言っていた理屈抜きに振り回される強烈な感情とは、今私のなかにあるこの気持ちのことでしょうか？」

真緒の嬉しい予感が現実になったと思わせてくれる言葉を彼が口にしたのは、島で過ごす最後の日のことだった——。


オーナーの帰国を翌日に控え、いつもよりやるべき仕事が多いのか。その日の朝、マネージャー氏は手伝いの息子を伴い島にやってきた。

息子は船上での作業も難なくこなす立派な体格の持ち主で、小麦色の肌とあいまって、とてもたくましかった。でも大人びて見えるだけで、彼はまだ十七歳になったばかりの少年だった。

真緒が彼の年齢を知ったのは、少しの時間、話をしたからだ。

陽差しが和らぎはじめた午後のこと。最後にもう一度、素晴らしい海辺の景色を思い出ととももにしっかり目に焼きつけておこうと、真緒はビーチに出ていた。ちょうど亨がいつもの情報収集タイムに入ったところで、一人にしてあげたいと思ったのもある。

少年は父親に言いつけられたのだろう。ビニール袋片手に波打ち際を、ゴミや危険物がないかチェックして歩いていた。

「コンニチハ」

真緒を見つけると彼は、片言の日本語で挨拶してきた。いかにも為慣《しな》れていない様子の、ぎくしゃくとしたお辞儀つきで。彼のはにかむような笑顔に誘われ、真緒も言葉はわからないながらもコミュニケーションをとってみたくなった。

最初に互いの名前や年齢など、自己紹介しあう。次に真緒が、話題を探して海に入った。今日はキャミソールタイプのトップスにショートパンツの真緒は、膝下まで水に浸《つ》かったところで振り返って彼を手招いた。

「これ、なにかな?」

真緒が指差したのは、ここに来てからたまに見かけて気になっていた生き物だった。身体の色がオレンジやブルーの鮮やかな原色で、嫌でも目に入る。たぶんナマコやウミウシの仲間だと思うのだが、微妙に形が違うようでもあった。

少年は真緒の隣までやってくると、質問の内容を察して答えてくれた。だが、どうやら現地の呼び名らしいそのやたらと長い名前を、真緒はよく聞き取れなかった。彼は真緒が首を傾げるのを見て、今度はジェスチャーで伝えようとした。

「ええ……？　なに？」

身振り手振りになぜか変顔まで加わって、真緒はつい噴き出してしまった。真緒の笑顔に励まされたのか、彼のヘンテコ踊りのようなジェスチャーは続いた。

声をたてて笑う真緒と、とても楽しそうに一生懸命踊る少年と。

「真緒さん！」

砂浜の方で声がした。亨がヴィラから駆け下りてくる。気のせいではなく表情が強張っている。

真緒は急いで海を出た。彼の元へと走り寄る。

「なにかあったんですか？」

会社からトラブル発生の連絡でも入ったのか。でなければ、姉の身に何かあったのだろうか？

「なにもありません。スマホはしまったので、迎えにきただけです」

亨の返事は真緒をほっとさせるものだったが、彼の硬い表情は変わらなかった。

亨は真緒のいた場所に立ってこちらを見ている少年に、声をあげて話しかけた。彼に何か言いつけると、すぐさま真緒の手を取りヴィラに向かって歩きだした。びっくりするほど強い力に引っ張られ、真緒は躓きかけた。

「彼にはなんて？」

語学にも堪能な亨は、日常の会話に不自由しない程度に現地の言葉もマスターしていた。

「最後の日はあなたと二人でゆっくりしたいので、早めに引き上げてくれと伝えました。さっき、父親の方にも同じ指示を出しました」

少年が叱られたのではないとわかって、真緒は安心した。チラリと振り返ると、少年はさっきと同じ海のなかにいて真緒を見ていた。


「真緒さん、私とした約束を忘れたんですか？」

亨はヴィラに戻るなり、真緒を抱きしめた。

オープンテラスから続く部屋のなかだった。真っ青な水面で波と戯れる銀光が、亨の髪にまで反射しキラキラと輝く様は、まさに王子様の冠のようで……。顔を上げた真緒はしばらく見とれてしまった。

「ちゃんとお願いしたでしょう？」

もどかしげに何度も額にキスされ、真緒は我に返った。

「約束って？」

「私以外の男に笑顔を振りまくのは禁止だとお願いしました」

「覚えてますけど……？　え？　男ってさっきの彼のことですか？」

亨が何を気にかけているのかわかっても、真緒はにわかに信じられなかった。

「亨さんも知っているんでしょう？　彼は大人っぽく見えるだけで、まだ十七歳になったばかりだと言ってました」

亨が勝手に真緒のファーストキスの相手に認定している小五の男子よりは大人だが、それでも真緒にしてみれば六つも年下の子供だった。

「十七歳は十分男ですよ。そして、あなたに好意を抱いているかどうかは、目をみればわかります」

「気のせいです。だって、今日会ってほんの十分ぐらいしゃべっただけだもの」

「魅力的な女性に惹かれるのに、年齢も時間も関係ないんです。彼は真緒さんに惹かれていました。あなたを熱のこもった目で見ていました。遠目にも私にはすぐにわかりましたよ。私はあなたの夫ですから」

「でも……、私は何も言われなかったし……何もされなかったし……」

ファーストキスについて問い詰められた時と同じぐらい、いや、はるかに彼は熱心だった。

「あなたを盗《と》られる前に取り戻したんです」

亨は真緒にそれ以上何も言わせず、唇を塞いだ。いつもなら最初は浅く触れてくる唇が、いきなり深く重ねられる。真緒の口のなかが、見る間に温かいもので満たされる。彼の舌にその場所を、抗《あらが》うそぶりすら見せず明け渡してしまった証拠だ。

「……ん」

真緒の閉じた瞼が震えた。

（駄目……）

このキスは駄目なキスだ。私をあっと言う間に駄目にするキス。自分のなかの淫らな欲に火をつけ、煽《あお》るキスだ。そう感じた時にはもう、真緒は彼の愛撫に囚われている。

口のなかが熱かった。普段はなにも感じないのに彼の舌に触れられると、あそこもここも驚くほど敏感になる。気持ちよくなる。

「真緒さん、嬉しいです」

ようやく唇を解放してくれた彼が、真緒のこめかみに口づけた。

「緊張もずいぶん解けて、キスだけで感じてくれるようになって……」

真緒の変化など、亨はとっくに見通しているのだ。

彼につけられた火は、身体のあちこちに燃え広がっている。肩や背中や乳房へと、亨の愛撫の心地よさを知っている場所へと次々に移っては、熱く疼かせる。

「寝室に……」

恥ずかしさに思わず彼の腕から逃げ出そうとした真緒を、亨が捕まえる。後ろから抱きすくめられる。

「駄目です。私にそんな余裕はないから」

わかるでしょう？　と尋ねるかわりに、亨は真緒に身体を強く押しつけた。真緒は息をつめる。

確かに彼の分身はもう十分に昂り、硬く張りつめていた。

「真緒……」

熱くなる一方の呼吸を、亨は隠しもしなかった。キャミソールの裾をくぐって忍びこんできた手に、真緒は目を閉じた。内側に付いたカップを押し上げられ、剥き出しになった乳房を左右の手に包まれる。真緒自身にも見せつけるように大きく揉まれて、真緒の身体は揺れた。

「……っ」

自分を支えきれなくなった真緒は、とっさに目の前にあったテーブルに両手をついていた。

乳房は亨の思うがまま、彼の手のなかで形を変える。

「あ……っ」

テーブルが真緒の震えを伝えてカタカタと音をたてている。すうっと乳房の頂まで滑った両手が、薄赤く染まった双子の実を摘んだ。真緒の肩が跳ね、背がしなる。

「真緒さん……」

乳首を優しく押し潰され喘ぐ真緒のうなじに、亨は口づける。

「あなたをほかの男に奪われるかと思った時、今まで味わったことのない感情が込み上げてきました」

亨の声は低く、苦しげだ。

「あなたに私の印をつけなくてはと焦ったんです。動物がマーキングするのと同じ、野蛮な感情です。でも、どうしても……」

亨は真緒に密着している自分を、さらに強く押しつけた。

「どうしてもあなたに印をつけたくて、心も身体も収まらなかった」

真緒は彼がさっきよりも大きく勃ちあがり幹を太くしているのを感じて、上擦った甘い声を洩らしていた。自分でもわかる。亨を求めてねだる声。

「私も欲しいですよ」

やはり彼には、心のなかを覗かれていた。

真緒のショートパンツを下着ごと引き下げる手は、確かに亨らしくなかった。衝動を抑えられずに走り出してしまう、乱暴さがあった。

「亨さん……ベッドで……」

サンルームの続きにあるこの部屋は、外にいるのとほとんど同じだ。そのうえ昼間で、島にはまだ人がいる。マネージャーも、海で話をしたあの少年も。

「……見られたら……」

「室内での仕事は終わっているし、彼らが帰り支度をしている桟橋まで声は届きません」

亨が真緒の腰を両手でつかみ、引き寄せた。キャミソールのストラップが外れかけた肩に、熱い息と一緒に唇を滑らせる。

「私をこんなふうにしたのは、真緒さんでしょう？　私との約束を破った罰です」

後ろで彼が自分を引き出す気配がした。

「もし、見られたとしても――」

彼は猛《たけ》った自分を、あらわになった真緒の肌に直接押しつけた。ゆっくり擦りつけられ、真緒のテーブルについた指に力が入った。

「見せつけてやればいいんです。あなたは私のものだってことを」

「ん……」

「あなたは私の妻だと教えてやりたい」

(亨さん……!)

島に来て、日を追うごとに彼は真緒をより真っ直ぐに求めてくれるようになった。初めて彼に抱きしめられたマンションでの夜から、自分に向けてくれる熱量が少しずつ高まっていたのが、ハネムーンをきっかけに一気に跳ね上がった。

夜、二人きりの部屋で明かりを落としてするのが、亨にとってのセックスのルールでありマナーだった。亨自身、それを破ることにまだどこかためらいを感じているのだろう。こうして肌を重ねていれば、真緒にも伝わる。だが、彼は真緒を欲しがる自分を抑えようとはしないのだ。

そうやって求めてもらえることが、真緒には嬉しかった。恥ずかしさに時に逃げ出したくなっても、心に満ちる喜びの方がはるかに大きかった。

夫婦の絆はより太く強いものへと育っただろうか？
愛している――と言ってもらえるその日に、私はまた一歩近づけただろうか。

「真緒……」

亨は愛撫の手を止め、真緒を背中ごと抱きしめた。そうして、二人の呼吸を重なるのを待って
じっとしている。

「昨夜のことを思い出して……」

亨が真緒の熱く火照った耳元で囁いた。

「私はこうやって思い出すだけで、身体が昂るんです。真緒が欲しくて堪らなくなる。あなたは？」

「私……」

「あなたもでしょう？」

真緒の脳裏に昨夜の自分の、彼を欲しがる淫らな姿が浮かんだ。


昨夜――。

一度では満たされず、何度も求めたのは亨か。それとも自分だったのか。

真緒は亨を受け入れ、一番感じる奥まで彼を誘っては締めつけて。ひたすら悦びを追いかけた。

亨を欲しい気持ちを、全身で伝えずにはいられなかった。

「思い出しましたか？」

「ん……」

「とても素敵な夜でしたね」

とても情熱的で、それゆえに幸せだった昨夜の記憶に浸っているだけで、真緒もどうしようもなく身体が昂ってくる。秘花に蜜が溢れてくる。

真緒の下半身を持ち上げるようにして、雄々しい彼が真緒の入り口を探っている。真緒を欲しがる気持ちが先走り、張りつめた彼の先端も濡れている。

「……やぁ……」

でも彼はズキズキと疼く入り口を見つけても、閉じた蕾《つぼみ》の上を撫でるばかりで入ってこようとしなかった。

「昨夜、あなたは初めて言ってくれたでしょう？　あの言葉をもう一度聞かせてください」

真緒は無意識のうちに、半身を彼に差し出すように動かしていた。

「……亨さんが……」

「言って」

「亨さんが欲しい」

「うん……」

真緒の全身が羞恥に燃え立つように熱くなる。それでも昨夜の幸福な記憶が、真緒に続く言葉を言わせた。

「真緒に……亨さんの、入れて……」

亨がついた深いため息も、熱く震えていた。

「私もあなたのなかに入りたい」

言葉と一緒に真緒の蕾を押し開き、彼が入ってきた。真緒は彼を、待ちかねたと言わんばかりにすんなりと奥まで受け入れていた。

「真緒……っ」

最初から彼の動きは力強かった。真緒を突き上げるように、幾度も大きく腰を動かす。

「ああ……」

「……っ」

互いを欲しがる二人の呼吸が混じり合う。

(ああ……快い……)

膨らみ続ける快感に、真緒は昨夜もそうしたように彼を締めつけていた。そうしながら深いところまで擦られると、えも言われぬ悦びが身体の芯を這い上がってくるのだ。

(もっと……)

「もっと……いっぱいして……」

押し殺そうとしても、欲しがる気持ちは口をついて零れてしまう。

「そんなに締めつけないで。すぐに達《い》ってしまいます」

いつもの亨の優しい声だった。だが、真緒を奥まで突いてはかき回す彼の愛撫は、貪るように激しい。真緒に自分の印をつけたいと言った亨は……。まるで真緒の身体に自分の形を覚え込ませようとでもするように、勢いの衰えない分身を何度も行き来させた。

「亨さん……亨さ……ん」

真緒は愛しい人の名前を呼んだ。

立ったまま、獣さながらに番《つが》いながら。

「真緒……！」

「……亨さん」

真緒はもう誰にこの声を聞かれようと、この姿を見られようとかまわない。今の自分に、妻として亨に求められる以上の幸せはないのだから。

「あなたへの独占欲と、そこから生まれる嫉妬と……。尾形の言っていた理屈抜きに振り回される強烈な感情とは、今私のなかにあるこの気持ちのことでしょうか？」

嵐のようなひと時が過ぎ、自分を抱きしめ呟いた彼の言葉が忘れられない。

(あの手紙のこと、帰ったらすぐに尾形さんに相談しよう)

日本へ帰る飛行機のなか、真緒は心に決めていた。旅行に出る前は、おかしなことがまたあればアドバイスをもらおうと思っていた。だが、あまりに幸せだったハネムーンが真緒の気持ちを変えていた。

大丈夫だよ。
待っていて。
助けに行くからね。

まったく心当たりのない、顔の見えない差出人に対する恐怖が生まれたのだ。その見知らぬ誰かが、真緒が大事に抱きしめて帰るこの幸福を壊してしまうかもしれないと思うと、じっとしていられなくなった。

第六章

（亨さん、どうしてるかな？　ちゃんとお昼ご飯食べたかな？）

真緒が目を上げた先には、アンティークなデザインの振り子時計があった。ランチタイムのにぎわいが一段落した頃合いに、真緒は尾形と待ち合わせていた。彼がひと息いれたい時に一人で利用するというカフェは、インスタ映えするカラフルなクリームソーダやエディブルフラワーを使ったケーキが女性受けしそうな店だ。

（気のせいかもしれないけど、亨さん、ここ何日かちょっと元気がないような？）

毎朝、出勤する亨を真緒は玄関まで送って出る。「行ってらっしゃい」「行ってきます」のやりとりのどこかで、彼は真緒の頬や額に軽いキスをしてくれる。今朝もしてくれた。してくれたのだが……、

（微妙に目が合わなかった気がするのは……、私の思い過ごしだよね？）

もしも仕事上の問題で悩んでいるなら、自分には何の手助けもできないのだし。普段通りの笑顔で送りだすのが一番だと、真緒は心配の種を打ち消した。今考えるべきことは別にある。

扉が慌てた様子で押し開けられた。入ってきた尾形は、顔なじみらしい店員に挨拶をしてからこちらにやってきた。

「南国から幸せのご帰還、おめでとう」

尾形のおおらかな笑顔を見て、真緒の肩からやっと力が抜けた。例の差出人不明の手紙が自分で思う以上に心の負担になっていたことに、真緒が気がついた瞬間だった。


「俺、これでかなりの甘党なんだよ。この店に通いはじめたのも、絶品プリンの記事を読んだのがきっかけで……って、今日はそんなのんびりした話をしてる雰囲気じゃなさそうだな」

尾形は珈琲《コーヒー》だけ頼んで、改めて真緒に向き直った。

「何がありました？　あったから俺を呼び出したんだよね」

真緒は事情を説明した後、例の手紙を彼に見せた。

手紙は二通あった。

「旅行から帰ってきたら、二通目が届いてたんです。それで、すぐに話を聞いてもらいたくなって。お忙しいのにお呼び立てしてしまってすみません。亨さん自身のことでもないのに」

「いや、二人はもう夫婦なんだ。あなたの問題は夫である本郷の問題でもあるでしょう」

尾形は運ばれてきた珈琲に口もつけずに、一通目、二通目と順に目を通した。両方の文面を並べて見比べる。

二通目にはこうあった。

大丈夫だよ。

もうすぐ助けに行くからね。

「一通目より二通目の方が相手が近づいてきてる感じがして、嫌だな。気味が悪い」

尾形は真緒が抱いたのと同じ感想を口にした。真緒は色々考えてみたが、思い当たる相手は一人しかいないと、長谷川の名前を出した。大学生の頃に受けたストーカー被害について、経緯を説明する。

「その長谷川ってやつが真緒さんの結婚を知って、執着心が再燃したというのはあるかもしれないな。——前科のある相手か。となると……、警察に相談する方がいいのか……」

思案顔になった尾形に、真緒は思わず言っていた。

「亨さんに迷惑をかけたくないんです」

警察沙汰になる前に対処できるならそうしたい。自力での解決は難しい、危険だと尾形が判断した時は、亨に打ち明けたうえで警察にも相談する。だから力を貸してほしいと真緒は頭を下げた。

「わかった。俺の方で、できる限り調べてみるよ。メールじゃなくて手紙ってとこが、かえって手がかりがなくてやっかいだけど。この手のことを頼める人間に、すぐに連絡をとってみる。何かわかったら連絡するね」

尾形は真緒の希望に副《そ》う形で協力してくれることになった。

「真緒さんもしばらくは気をつけて行動した方がいい。極力外出は控えて、どうしても出かけなければならない時は日が高いうちに、人目のある場所に限るとか。移動には車を使った方が安全かもしれないな」

「はい。必ずそうします」

尾形はようやく珈琲に口をつけた。人心地ついたところで店員を呼ぶと、彼イチ押しのプリンを真緒の分も注文してくれた。

「もし真緒さんと二人きりで会ったとあいつが知ったら、俺、殺されるな」

尾形が困ったような、それでいて嬉しそうな不思議な笑みを浮かべた。

「相手はほかでもない尾形さんだもの。彼は怒ったりしませんよ」

「式の時に俺が言ったこと、覚えてるでしょう？　あなたは、本郷がそれまで出会ったどの女性とも違う存在なんだ」

尾形の表情が親友を思う、なんとも温かなものに変わる。

「感情に振り回されない、支配されないのは、本郷亨の強みだ。どんな状況下でも冷静沈着であるのがビジネスの基本だからね」

一方で、気持ちを溜《た》め込み周囲の誰にも打ち明けられないのは、亨の唯一最大の弱点だと彼は言う。

「たまには解放してやらないと、本人も気がつかないうちに心も身体も病むことになる。俺と真緒さんが初めて会った式の日、あなたに褒められた俺に嫉妬して、本郷はあなたを俺から遠ざけようとした。無意識の行動にしろ、あれは嬉しかったなあ。ああ、やっとこいつの本音を表に引っ張りだしてやれる女性が現れたんだってね」

「尾形さん……」

「二人が結婚を決めた経緯《いきさつ》はどうあれ、俺は本郷は結婚すべき相手と結婚したと思ってるんだ。最初からあいつの相手は理緒さんではなく、真緒さんだった。お姉さんはあなたと亨を結びつけるためのキューピットだったのかもしれないな」

尾形の言葉のひとつひとつが真緒の心に沁みた。


真緒はタクシーの後部座席で、シートの背もたれにゆっくりと身体を預けた。目を閉じ、尾形にかけってもらった言葉のひとつひとつを思い出している。

（尾形さんに会ってよかった）

心配事の相談に乗ってもらい、安心できただけではなかった。手紙の一件も含め、改めてこの先どんな問題にぶつかっても、自分たち二人の幸せのために乗り越えていきたいと思った。尾形にはその背中を押してもらった。

（尾形さん、素敵な人だな。私が何も言わないうちにタクシーを呼んでくれたり、マンションのすぐ前に着けてくれるよう運転者さんに注意を促してくれたり……。亨さんだけじゃなくて私のことも本当に気遣ってくれてるんだもの）

ふと真緒は目を開けた。

（――あれ？）

車に乗り込む間際の尾形とのやりとりを、ちょっと不思議に思ったのだ。


「理緒さんのことだけど、俺の予想通りすっかり時の人になっちゃって大変そうだね。真緒さんも……、その……なんだ、お姉さんがらみの記事やネットの書き込みなんかチェックしてるの？」

「いえ、姉にも亨さんにも止められているので、今は一切見てません。亨さんとの結婚が決まってからは考えたいこともやることもたくさんあって、ネットやテレビを見る時間も心の余裕もなかったのもあります」

「それがいいよ。この先も無視した方がいい。俺も賛成だな」

真緒は自分を見送ってくれた尾形の、ずいぶん安堵《あんど》したらしい顔を思い出していた。
（亨さんにお姉ちゃん、そのうえ尾形さんまで見るなって……？　どうして？）
何か自分が読んではいけない記事でも出回っているのだろうか？
ふと頭をもたげた疑問は、真緒のなかで次第に大きく膨らんでいった。
（絶対駄目って約束させられたわけじゃないし。少しぐらいなら覗いてもいいよね？）
車がマンションに着く頃には、真緒は誘惑に勝てなくなっていた。

真緒は居間のカーテンをほんの少し開けると、そろりと外を覗いた。マンションの高層階にあるこの部屋は、地上を歩く人間からは見えない。でも、もしかしたら似たような高さの建物のどこかにこちらを見ている目があるかもしれない。ひょっとしたらその目は、カメラのファインダー越しに覗いているのかもしれない。そう思うと、真緒は怖くなった。
ここ一週間、必要な買い物はネットを利用し、できるだけ外に出ないようにしていた。謎の手紙の件もあるが、今の真緒が一番恐れているのは、自分や自分の大切な人たちを興味本位でウォッチングしているマスコミや一般の人々の視線だった。

亨たちが、なぜ真緒を理緒に関する話題から遠ざけたかったのか。旅行の間、スマホをチェックする亨がどうして難しい表情《かお》をしていたのか。真緒はもう知っている。

社長令嬢の美人イベント・プランナーとしてもてはやされていた理緒は、あの本郷グループの御曹司の許嫁だったことがわかって、注目度が格段にアップした。理緒が中学生、亨が高校生の頃に婚約したという、ロマンティックなはじまり。しかし、物語は理緒が今年に入って突然婚約を解消し、亨は彼女の妹と電撃結婚したというドラマチックな結末を迎える。野次馬《やじうま》たちが盛り上がらないわけがなかった。

正式な記事として世に出せばプライバシー侵害として問題になる内容も、ネットの大海を泳ぐ登場人物の実名を伏せてのゴシップ記事や、面白半分の噂話《うわさ》までは規制できない。

いわく、姉にふられた御曹司は家の事情でしかたなく妹と結婚したがとても後悔している、とか。彼は今も傷心を引きずり、姉を想い続けている。よって家庭生活はうまくいってない、とか。

やがて無責任な観客たちの無遠慮な関心は、真緒にも向かった。才色兼備の姉に比べ妹がどれほど劣っているかを、姉妹を知るという誰かが匿名の仮面を被り、実《まこと》しやかに語っていた。かと思えば、亨と真緒夫婦の知人だというアカウントが、いつか遊園地で真緒が耳にしたような悪口を書き込んでいた。

「奥さん、な〜んか地味なんだよね」

「子供っぽくて、あのパーフェクトなダンナ様にちっとも釣り合ってないってみんな言ってる。ほんと、残念！」

真緒が五回続けて見合いで断られたことまで話題になり、本当に本人なのかはわからないが、見合い相手を名乗る人物までが登場していた。

「本郷君クラスになると、隣に並ぶ女性は釣り合うレベルぐらいじゃ足りない。夫にさらなる輝きを与えられる相手が望まれるわけですが、妹の方にその力はないですよ。ええ、俺が見合いで確認済みですから。彼、かわいそうだなあ。いくら家のためとはいえ貧乏くじ引いちゃったんじゃないですか？　輝きどころか、パーフェクトマンの評判に傷がつきそう」

真緒は窓辺を離れると、テーブルの上にポツンと置かれた亨の珈琲カップを見やった。

亨は今朝も真緒が目覚める前に家を出てしまった。真緒がせめて見送りだけでもしたい。出かける前に声をかけてほしいと頼んでも、「私は大丈夫ですから、ゆっくり眠っててください」と言われてしまう。

亨の様子がおかしいのは、やはり仕事でなにかあったからだろうか？　それとも……？　この一連の騒ぎが原因なのだろうか？　自分の知らないところで、彼に直接迷惑がかかるような事態に陥っているのか。

真緒にはわからない。確かめたくても、もし騒ぎが原因だとしたら、自分が首を突っ込むことでますます彼に負担をかけそうで怖かった。

(私に何ができるの?)

真緒は力の入らない手足をソファに座って投げ出した。心に悩みを抱えた分だけ、身体まで重たくなった気がした。

亨のことは信じていた。彼が自分と結婚して後悔しているとは思わないし、姉への想いを引きずっているとも思わない。彼と二人で少しずつ育ててきた夫婦の絆には、もはやそんな嘘には惑わされない強さがあった。

(でも、私のせいで亨さんが……!)

亨は真緒が傷つくことを心配しているのだろうが、真緒の方こそ心配だった。自分が隣にいることで周囲の彼を見る目が変わったり、彼を不当に貶《おとし》める陰口を叩かれたり、彼自身の評価までが損なわれるのは、想像するだけで胸が苦しくなった。

真緒に関する情報には、もちろんデマも単なる噂話もたくさん混じっていたが、ただ、姉の方が魅力的な女性として世間に認められているのは事実だった。見合いを断られ続けたのも本当のことだ。今更なかった話にはできない。

(私には何もできない)

写真でも撮られないように、せいぜい息を潜めているだけ。面白おかしく騒いでいる人々にこれ以上エサを与えないように、亨を傷つける視線や言葉が増殖しないように、じっと隠れているだけ。

式の日取りを早めた理由のひとつだった、大事な商談相手も出席するというパーティが日一日と迫っていた。その前に、本郷、市原両家の関係者を集めてのお披露目会もある。

「私、大丈夫かな……」

本郷亨の妻の役目をしっかりと果たせるように、短い期間ながらもやれることを頑張るはずだったけれど……。今の真緒はここから動けない。

「真緒さんのストーカーだった長谷川だが、大学を卒業した後、他県で就職したらしいんだ。居場所を特定するのにちょっと時間がかかりそうだ。引き続き専門の人間に調べさせているので、何かわかったらまた連絡するよ」

尾形からは最初の報告がきたが、正直、それどころではなくなってしまった。真緒は手紙のことなど後回しの心境だった。

（……亨さん）

もし今、彼がここにいて抱きしめてくれたら、重たい心が明るく照らされるのに。

不安も恐れも、少しずつ溶けていくのに。

真緒は油断すればすぐに滲んでくる涙に、気づかないふりをしている。

いつの間にか「行ってきます」のキスもなくなり、真緒はもう何日も亨に触れてもらっていなかった。


(あなたの顔が見たいの。亨さんの声が聞きたい)

深夜帰宅が続く亨に、自分を待たずに寝てほしいと言われれば、真緒はそうしてきた。朝も同じだ。亨に負担をかけたくないがゆえに、見送らないでいいという彼の言葉を優先してきたのだ。

だが、朝も夜も会えない日が続けば、真緒の想いは募る。心に不安と恐れを抱えた今は尚更《なおさら》のこと。

その夜――。

真緒は居間で亨の帰りを待っていた。時刻は深夜も二時を回っていた。

(亨さん、早く帰ってきて)

ソファの足元に子供のように座り込んだ真緒は、抱えた膝に熱くなった瞼を思わず強く押しつけていた。

（いつもそばにいてくれたでしょう）

幸せだった蜜月旅行《ハネムーン》の記憶は、どんなに真緒が思い出すまいと努力しても、アルバムのページをめくるように次から次へと溢れてくる。

「私の気持ちは最初からあなたに向いていたのかもしれないと、そう信じたくなりました。だからきっと、迷うことなくあなたと結婚したいと思ったんです」

「こんなふうにあなたの身体のどこにでもキスできるのは、私だけです」

「真緒さんの周りに、今夜聞いた彼のような男がほかにもいたかもしれないと思うと、落ち着かないんです。意地悪してでも、あなたが私のものだと確かめたくなる……」

時に亨の情熱に振り回され揺さぶられ、最後には包まれ抱きしめられた記憶が真緒の心のなかに、身体の深いところにもしっかりと息づいている。それだけに、いっそう亨への恋しさが募った。

濡れてぼやけた両目をパジャマの膝に擦りつける。

「真緒、すごく可愛かった」

島での日々、夜毎そうしてくれたように私を強く抱きしめてほしい。何も考えられなくなるぐらいキスしてほしい。亨の体温を肌で感じられたら、底まで沈んでいきそうな気持ちに元気をもらえる。縮こまっているこの足を踏ん張って立ち上がり、きっと頑張れると思う。

「真緒さん……？」

真緒は亨が帰ってきたことに気がつかなかった。

「泣いてるんですか？」

彼はノブに手をかけ扉を開いた姿勢のまま、固まっていた。強張った面に驚きの表情が貼りついている。真緒は慌てて立ち上がると、まだ濡れている目元を急いで拭った。

「そういうのじゃありません。あなたを待ってるうちにうとうとしてしまって、怖い夢をみたせいです」

下手な言い訳をした真緒に、亨は我に返った様子で手にしたビジネスバッグをサイドボードの上に置いた。

「待っていてくれたんですね。ありがとう」

亨はきちんと感謝の気持ちを伝えてくれた。

「こんな時間まで、身体は大丈夫ですか？」

真緒を気遣ってもくれた。でも、そばには来てくれない。

「真緒さんは先に休んでください。私は持ち帰った仕事があるので、朝まで書斎にこもります」

亨は真緒に背を向け、部屋を出て行こうとする。

「待って！」

疲れの色を濃く宿した背中が揺れ、彼は足を止めた。

亨は振り返らない。

「私……、お仕事が終わるの待ってますから……。だから……」

真緒の喉を塞いでいた熱い塊が、言葉になって溢れた。

「抱いてください」

言葉になって、真緒も初めて知った。それが今一番自分の求めているものだった。

真緒はうつむきパジャマの裾を握りしめ、亨の返事を待った。

(どうして何も言ってくれないの？)

真緒を追いつめる長い沈黙の後、彼は言った。

「すみません。本当に今夜は……」

拒まれたと思った瞬間、真緒の胸に押し潰されるような痛みが走った。

セックスも大切なコミュニケーションだと教えてくれたのは、亨だった。相手への愛情や優しさや労りや……。時にどんな言葉よりも多くのものを伝えてくれる。そう信じているからこそ、ストレートに剥き出しの思いをぶつけられたのだ。

亨に受け止めてもらえなかった真緒は、彼の心まで離れてしまったように感じていた。込み上げてきた悲しさを、唇を結んで堪えた。

と——亨が近づいてくる気配がした。

「真緒さん……」

抱きすくめられる。

「真緒さん……、真緒、勘違いしないで」

「……亨さん……」

真緒は亨の背中に両手を回し、しがみついた。

スーツの胸に顔を埋める。

(亨さん……)

ほんのひと時、触れられないほど遠くに感じた彼の腕が、息もできない強さで抱きしめ返してくれる。真緒を包むほのかに甘く華やかな匂いは、真緒の知る彼の香り。

こうしているだけでもう、胸の痛みが嘘みたいに引いていく。

「勘違いしないでください。私だって——」

語尾は熱い息に紛れて消える。私だってあなたを抱きたいのだと、彼の思いは言葉にしなくても真緒に届いた。

互いの存在を確かめるように、ただ抱きしめ合うだけの時間が静かに過ぎていく。

「仕事というのは嘘です。謝ります。一人になって考えたいことがあるんです」

真緒は素直に頷いた。

「亨さん……。だったら……」

「はい？」

「だったらキスは？」

「え？」

「キスならしてもらえますか？」

込み上げてきた熱いものが、また言葉になった。

「キスは……」

亨は真緒を引き寄せ、髪に顔を埋めた。

「キスをしたら理性が飛びそうで我慢してきたんです。でも、私もしたい。……真緒とキスがしたいです」

「……してください」

頬に触れる指の優しさは、少しも変わっていなかった。

名前を呼んでくれる声も、変わらずに優しい。

島での思い出と重なる彼のキスは、真緒をこのうえなく幸せにした。

真緒の緊張を解くようにそっと重ねられた唇は、やがてその幸せが真緒を十分に酔わせる頃、より深いところまで貪りはじめる。

「……ん」

舌が彼の舌に囚われる。

甘く濡れた舌は真緒のなかを、不安を拭いとるように優しく撫でた。

微かに酒の香りがした。

(亨さん……)

仕事で遅くなったという彼は、本当は会社を出た足で飲んできたのだろう。アルコールを口にせずにはいられない考え事とは何なのか。仕事上の問題なのかもしれないし、自分たち二人に関わる何かなのかもしれない。姉から始まった一連の騒ぎも無関係ではないのかもしれない。真緒にはわからない。だが、誠実な亨が嘘をついてまで話したがらないのだ。問い詰めようとは思わなかった。

亨さんは少しも変わっていない。

変わらずに私を思ってくれている。


それを確かめられただけで、真緒は十分だった。時がくれば、亨は必ず話してくれるはずだ。

「真緒……」

キスは一度では終わらなかった。

少しの間も離れているのは嫌だと言いたげに、唇はますます情熱的になる。

(愛しています。何があっても、この気持ちは変わりません)

あれほど胸を疼かせていた痛みが、彼への激しい想いに塗り替えられていく。

キスが終わった後、亨は真緒の頬を両の手のひらで包んだ。涙の滲んだ跡が残っているのかもしれない。彼は真緒の目尻を指で拭った。

亨が真緒を見つめている。何も言わずにただじっと。


告げたい言葉があるのに、声にできない。


そういう顔をしていると思った。

もしかしたら？

淡い予感がした。

真緒が焦がれるほどに欲しい一言を——もしかしたら、愛しているというその言葉を彼は口にしようとしているのかもしれない。でも、今はまだそれができない葛藤《かっとう》が彼にはあるのかもしれない。

(嬉しい)

予感が自分の願望から生まれた幻であっても、そう思えるだけの絆を彼と結べただけで、真緒は幸せな気持ちになれた。

「亨さん……」

真緒は亨の胸に深く埋まった。亨が何かを抱えて迷い、悩んでいる間は、また触れてもらえない時間が続くだろうと、真緒はその覚悟の分も彼を強く抱きしめる。

「真緒さん、あなたには幸せになってほしいんです」

亨は真緒の前髪から覗く額に口づけた。

「涙は見たくない、誰よりも幸せになってほしいと、今までこんなにも真剣に考えた相手はいません。もしも……」

言葉を切った亨のつく息が、重たく震えている。

「もしも私よりもあなたを幸せにできる誰かがいるなら身を引こうかと、気持ちを揺らしてしまうぐらい強い思いです」

「そんな人、いません」

真緒の亨を抱きしめる腕にぎゅっと力が入った。

「もしいたとしても、今の私はあなたの妻です。生涯、あなたに添い遂げる覚悟で嫁いできました」

「……ありがとう、真緒さん」

亨は苦しいものを吐き出すように言葉を繋げた。

「あなたは素敵な女性です。私のなかに眠っていた様々な感情を呼び覚ましてくれました。それまでの私は、半分機械みたいなものだったのかもしれません。あなたと出逢《であ》って思いがけず味わった喜びが……、嫉妬や独占欲でさえも、私を人として豊かにしてくれました。そんな素晴らしいあなただからこそ、幸せになってほしい。誰より幸せになる資格があると思うのです」

真緒は嬉しかった。幸せだった。幸せなのに、彼の苦しそうな声を聞いていると真緒も苦しくなる。すべての嵐が通りすぎるまで部屋にこもっていることしかできない自分が、情けなかった。


二週間後に迫った本郷グループ主催のパーティに備え、真緒は英会話のレッスンを受けることにした。彼のためにできることを考えた時、最初に思いついた。当日は大切なクライアントでもある米国人企業家夫妻も招かれており、亨は自分も夫婦で彼らと親交を深めたいと思っていた。

新しいビジネスに必要なパイプを作る目的があった。

（だったら少しでもしゃべれた方がいいよね。夫の隣にマネキンみたいに黙って突っ立ってるより、つたなくても積極的にコミュニケーションをとろうとする方が、好印象なんじゃないかな）

外出しなくてもいいように、リモートで授業を受けられる講座を探した。

実は市原家では、娘たちが幼い頃から英会話を習わせていた。本郷家同様、ビジネスを通じて交流のある相手には海外の人間も少なくなく、日常会話をこなせる程度の力を身につけることは、いわばマナーのようなものだった。しかし、真緒はあまり興味が持てず、習得にも熱心ではなかった。大学入学を機にレッスンからは解放されたが、同じ期間学んだはずの姉と真緒の実力には、F1ドライバーと若葉マークぐらいの差がついていた。

（それでも土台があるだけましかな。本番まであまり時間がないだけに）

真緒は自分で自分を励ました。

亨の様子は相変わらずだった。仕事も忙しく、一人で考えたい問題も依然《いぜん》抱えたままのようで、真緒と顔を合わせる時間が少ないのも変わらない。真緒は無理に亨に近づこうとはしなかった。彼の方から話してくれる時がくるのを信じて待っていた。

英会話の勉強は亨と一緒にいられない淋しさを、亨のために頑張る時間で埋める作業でもあった。

来週末の、結婚のお披露目パーティーに招かれた両家の招待客にも、英語圏の人間はいる。つまりは本番の予行演習にもなるのだが、客のなかにとんでもない者が混じっていることを、真緒は当日になって知ることになる。

「アイランド・リゾートはいいわよねぇ。私も主人と行ったことがあるわ。まだ会社が小さかった、大分若い頃の話だけれど」

「二人きりなれるのが一番ですね。誰にも気兼ねせずに羽を伸ばせます」

亭が家族くるみで昔からつき合いがあるという女社長と話している。

立食形式のお披露目パーティーは、身内だけで祝った披露宴より規模が倍以上大きいだけあって、とてもにぎやかだ。その分、談笑する人々の間を挨拶して回るという新婚夫婦の務めは、前回にも増してなかなかに骨の折れる仕事だった。

「そうよねぇ。ヴィラから眺める景色も海も、ぜーんぶ二人で独占できるんですもの。思い出だって、たくさん作れるでしょう」

「私も妻も泳ぎは得意なので、海は楽しみ尽くしましたよ」

「まあ、そうなの？」

彼女はオフショルダーのイブニングドレスを着た真緒の肩を見やり、「奥様。奥様は色が白いから日焼けは天敵でしょう？　大丈夫でした？」と尋ねた。

いきなり話を振られて慌てた真緒は、

「えっ？　あ、いえ。白いだけです。皮膚はゴムみたいに頑丈なので平気でした」

彼女が一瞬ぽかんとするようなおかしな返事をしてしまった。今夜はテールコートを青年貴族然として着こなした亨までもが、びっくりしたように真緒を見た。

「そう。泳ぎが得意なのね。亨君とはどちらが速いのかしら」

「は、はい。亨さんはクロールで、私はカエル泳ぎ……じゃなくて平泳ぎで競争して……」

「カエル……」

口元を軽く隠す上品な仕種ではあったものの、とうとう噴き出されてしまった。

英語を使うのでもない。難しい話題でもないのに真緒はやたらと緊張していた。本郷亨のパートナーとして恥ずかしくない立ち居振る舞いができるか。加えて姉の騒ぎの一件もあって、他人の目に自分がどう映っているのか。必要以上に敏感になっていた。

「ごめんね、真緒。私のせいで面倒なトラブルでも起きたら申し訳ないから、パーティーには顔を出すだけにするわ。亨さんに挨拶して、二人の幸せそうな様子を確かめたら帰るね」

昨夜の姉との電話もまた、緊張に拍車をかけた。

女社長がウォッチャーでないとは限らない。ほかにもこの会場のどこかに自分を見ている人間がいるかもしれない。これだけ大勢の招待客がいるのだ。真緒の知らない顔の方がはるかに多いし、知っている者のなかにも、野次馬の一人になって騒いでいる人間はいるだろう。友人面してあることないことインタビューで語っている匿名の誰かのような。

あれこれ疑ってかかると、真緒はとても落ち着いていられなかった。一挙手一投足が、関節が蝶番《ちょうつがい》にでもなったようにぎくしゃくしてしまう。

どこで待ち構えているかわからない敵の間隙《かんげき》を縫って駆けつけると言っていた姉は、まだ姿を見せていない。

「ごめんなさい、亨さん。私、パーティがはじまってからずっと失敗ばかりで」

女社長を見送った後、真緒は亨の前で思わずうつむいていた。

「どれもささいなことです。失敗なんて思ってません。相手もそうですよ。みんな、彼女のように笑ってすませてくれたでしょう」

好意的な笑いばかりではない。悪意の隠れた笑いもある。

(私が笑われるのはしょうがない。でも……)

でも、なかには腹の底では亨を馬鹿にしている者もいるかもしれないのだ。

なるほど、子供っぽい見かけそのままの粗忽者《そこつもの》じゃないか。本郷グループの跡継ぎのくせして、女を見る目もないのか？　それとも世間で騒がれている通り、才色兼備の姉に失恋して自棄《やけ》になった結果、ポンコツをつかんでしまったのか？

本人が優れていればいるほど、周囲の憧憬《どうけい》と羨望《せんぼう》の眼差しを受ける人物であればあるほど、些《さ》細《さい》な失敗や傷をあげつらい、相手を貶めようとする人間が出てくる。彼らはそうやって優越感に浸っている。

自分のことは我慢できる。でも、亨が自分のせいで馬鹿にされたり蔑《ない》ろ《がし》にされたり、これまでの彼の評価が傷つけられたりするのは絶対に嫌だ！

ネットとは違うリアル世界で、敵か味方かわからない大勢の人間に囲まれ、真緒を苦しめ続けてきた感情がまた大きく膨らみ、重くのしかかっていた。

「真緒さん、顔をあげて」

「はい……」

真緒は顔はあげたものの、亨の隣で縮こまっていた。すぐに家に帰って、今やすっかり避難所となってしまった自分の部屋に逃げ込みたかった。パーティーなんか早く終わればいいのに――が本音だった。

「そう言えば、尾形が残念がっていました。あなたに会いたかったのに急に来られなくなってしまって」

「お仕事ならしかたありません。私もお会いしたかったです」

直前になって突然の出張で来られなくなった尾形とは、一昨日電話で少し話をした。亨にはまだ内緒にしている謎の手紙の件で。そんなにも多忙なのに進んで真緒の力になってくれている彼によれば、他県に移った長谷川が転居先に住んでいたのは数カ月で、すでにそこからも引っ越していたそうだ。また何かわかったら連絡するとのことだった。

「真緒さん。二人で応対する相手をひと通り回った後は、しばらく自由行動にしましょうか」

「自由行動？」

「友人関係やプライベートの知り合いにはそれぞれで対処しないと、時間内に終わりそうにありません」

亨は話しながら次に足を運ぶ相手を視線で探している。

「わかりました。そうします」

真緒もその方がいいと思った。彼と一緒にいる時間が短ければ短い方がいい。真緒の手は、繋いだ彼の手のなかにある。守るように大切に握られているそれが、真緒の胸を余計に苦しくした。


亨と離れての自由行動タイム――。

女友達からは、「おめでとう」と「幸せになってね」、そして「羨ましい」の嵐だった。真緒がタジタジになるほどの盛り上がりぶりだ。

「おめでとう、真緒！　やったじゃない。旦那様、写真で見るよりイケメン！　超スーパーエクストリームイケメン！」

「なにそれ。いくらなんでもイケメンすぎるでしょ。いやでも実際、国宝級の美男子なんだけどね。羨ましい」

「雰囲気はクールで近づきがたい。そんな人が真緒を見る時だけ優しい眼差しになるのよ。いいなあ。ほんと、羨ましい！」

「顔がいいのもお金があるのも地位に恵まれてるのも、すご〜く魅力的よ。でもね、一番大切なのは愛よ。どれだけ真緒を大事に思っているかよね。その点も彼、間違いなくパーフェクトじゃない？　——もちろんよ。そんなの二人を見ているだけでわかるわよ。本気で羨ましいぞ、真緒！おめでとう！　絶対に幸せになれるよ！」

みんなの耳にも、世間の心ない声は届いているはずだった。だが、すべて無視して心から結婚を祝福してくれる彼女たちのような人間もたくさんいると思えば、真緒の気持ちは少しだけ軽くなった。

（マスターは、まだ心配してたな。私の幸せを願ってくれてのことだろうけど）

散々世話になった川添は、真緒の名前で招待した。自由行動に入って一番に挨拶に行き、少しの間、おしゃべりをした。新婚旅行の土産話だ。というのも、川添の新婚旅行先がセブ島だったからだ。自慢の若い奥さんがマリンスポーツのファンで、海の綺麗なところを希望したからだと、以前聞いたことがあった。

川添は、真緒をじっと見つめて尋ねた。

「真緒ちゃんは幸せ？」

外出を控えている間、店にも顔を出していなかった。久しぶりに会ったマスターは、毎回挫折しているダイエットに再挑戦でもしているのか、少し痩《や》せて窶《やつ》れていた。

川添には本当に世話になったと思う。亭についてはは悩みでもなんでもない、彼にまつわる日常のたわいもない出来事を聞いてもらう方が多かったけれど。

(今思えば、のろけに聞こえていたかも……)

「幸せ？」

なんだか急に気恥ずかしくなった真緒は、マスターと視線を合わせていられなくなり、「はい」と答えつつもうつむいてしまった。

「俺は真緒ちゃんにはね。絶対に幸せになってほしいんだよ」

真緒が顔を上げると、あの気弱そうな丸い小さな目が心配げに自分を見つめていた。

「何かあったら、また話を聞いてもらいに行きますから」

真緒が言うと、マスターはようやく嬉しそうな、ほっとした表情を浮かべてくれたのだった。

「みんな、来てくれてありがとう。私の方が落ち着いたら、また一緒に美味しいスイーツでも食べにいこうね」

真緒はにぎやかな友人たちの輪を離れて、いったん壁際に寄った。気を緩《ゆる》めたとたん、疲れが肩のあたりからじわりと降りてきた。

(お姉ちゃん、まだかかな？)

パーティーは終わりに近づいていた。

真緒は背伸びをして、扉の方へと視線を巡らせた。

(亨さんだ)

姉の姿は見当たらなかったが、招待客の男性と話す亨の横顔が目に入った。

(大学時代の友達かな？)

男性の年齢はそれぐらいに見える。ただ、二人の間には他人に対する時の微妙な距離感があった。

(……あの人？)

真緒は心のなかで首を傾げていた。

男性のスーツの、スリムでシャープなシルエットはデザイン性が高く、いかにもお洒落を気取っている。わざとらしく長髪をかきあげる仕種にはナルシストな雰囲気がぷんぷんで、ゆえに悪目立ちしていた。改めて観察すると、男の顔に浮かんだ笑みもとってつけたように上っ面めいている。

彼の右手でごつい指輪がぎらぎらと、その存在をアピールしていた。ゴールドの台座に嵌《は》まった大きな石が目に留まった瞬間、真緒は思い出した。

(――あの人!)

真緒の胸にひやりと冷たいものが降りてきた。二人が互いに軽く手を上げ離れたのを見て、真緒はすぐさま亨に駆け寄った。

「亨さん、今の人と何を話してたんですか?」

「ああ。向こうから声をかけてくれたんですよ。森田《もりた》さんは、あなたが教えてくれた大学時代の友人の一人なんでしょう?」

「え? ……ええ」

亨は今朝マンションを出る時、真緒自身が招いた男性客について教えてほしいと言った。苦しそうにも見えるためらいの表情に、ぎりぎりまで聞きたくても聞けずにいた、そんな彼の気持ちが表れていた。

「これもまた独占欲なのでしょうね。あなたにとってどういう相手か、どうしても気になってしまうんです」

そう正直に話してくれた亨に、真緒はもちろん隠すことなど何もなかった。招待したのはほんの数人だったし、彼らは皆、学生時代に所属していた子供たちの学習支援を目的としたボランティアサークルの友人だった。

(でも、あの人は違う！)

真緒は、森田が亨に嘘をついた理由にもう気づいていた。亨の知らないところで彼を哀れみ馬鹿にするのが楽しいのだ。そうやって優越感に浸るのが、堪らなく快感なのに違いなかった。

森田は真緒の友人ではない。だが、真緒は彼を知っている。あの男はうまくいかなかった真緒の縁談の、見合い相手の一人だった。

親が勧める話には、亨もそうだったようにビジネス上関係のある家の子弟が多かった。そうした事情もあって、両親がやむを得ず真緒に黙って招いたのかもしれない。それともまさか自分たち夫婦を興味本位で見物し、陰で亨を笑うために、親のツテで潜り込みでもしたのだろうか。

「……あの人はなんて？」

「最近、結婚が決まったそうです」

「結婚……」

森田は嬉しそうに報告したという。

「俺にとっては大アタリの相手なんですよ。彼女の前に残念ながら貧乏くじを引いちゃって、一時落ち込んでたんですけど、今はあなたに負けないぐらい幸せです」

（貧乏くじ……）

その言葉に、真緒は閃《ひらめ》くように思い当たった。マスコミのインタビューに匿名で答えていた見合い相手は、あの男だったのではないかと。

自分から声をかけてきたという彼は、きっと今も腹のなかで亭を嘲笑《あざわら》っているのだろう。俺の引いたハズレくじがあんたの嫁さんなんだよ、知らなくてかわいそうなやつだとニヤついている。

でも、今日この場にいる一番の目的は、ここで見聞きしたことをまたネタとして外部の誰かに売るためだ。それ相応の報酬《ほうしゅう》ももらっているに違いない。

（あんな人に！）

真緒は込み上げてきた怒りを、グッと喉に力を入れて押し殺した。

最初、見合いをした時とは髪形がまるでかわっていたので森田だと気づかなかったが、あの趣味の悪い指輪を見て思い出した。指輪は彼の自慢の品だった。

「これ、かなり値の張るものなんですよ。というのもこの石！　この石はね。めったに市場に出回らない希少《きしょう》価値の高いものなんです。もともと友人が親の形見としてもらったものなんですが、どうにか口説いて譲ってもらいました。いやあ、幸運でしたね。え？　いや、私がじゃなくてこの石がですよ。だってそうでしょう？　この石の持ち主に相応しいのは、どう考えても私の方ですからね。神様が味方してくれたんでしょう」

見合いの間中、自慢話ばかりしていた森田は、金銭にも人一倍執着がありそうだった。縁談が連敗続きの真緒が断られてよかったと安堵した、唯一の相手だった。

（私のせいであんな男に亨さんが馬鹿にされるなんて……！）

真緒は泣きそうになるのを懸命に堪えていた。

「結婚が決まったのですからおめでたい話には違いないのでしょうが、ちょっと淋しいですね」

亨は森田と話をしていたあたりを見ている。

「アタリとかハズレとか。彼にとっての結婚は賭け事かゲームの結果みたいで、花嫁になる方が少しかわいそうに思ってしまいます」

亨の視線が真緒に戻ってくる。

「私は彼とは違います。交際ゼロで決めた結婚ですが、私は自分の意志で真緒さんを選びました。その時点で、アタリもハズレもありません。自分がこの人をと望んだ相手が妻となり、隣にいてくれるのです。私にはとても誇らしいことです。これ以上の幸せはありません」

真緒はただ、亨を見つめている。

「……っ」

言葉にできない熱いものが見る間に込み上げてきて、真緒の胸を塞いだ。

(亨さんはいつだってこんなに思ってくれているのに、私は……)

真緒の怒りは自分自身に向いた。

亨を傷つけているのは、私も同じではないのか？　亨の隣に胸を張って立てるパートナーになるぞと決めたはずなのに、心の奥底には「こんな私は彼にふさわしくない」という気持ちが今もしつこく巣くっている。頑張ろうとする真緒のエネルギーを奪っている。だから、悪意の攻撃に堪えられない。逃げて隠れて、じっと息をひそめているしかできない。

それは、どこから見ても亨の真摯な思いを裏切る自分の姿だ。

「真緒さん？　どうかしましたか？」

スーツの上着を子供のように握りしめ、うつむいてしまった真緒を、亨は心配している。

(姉がアタリなら妹はハズレだって思われても、事実だからと受け入れて、私は今まで何も変えようとしてこなかった)

見合いで断られ続けた理由も同じだ。

(私が変わろうとしなかったから)

あの市原家の美貌の令嬢の妹だというので喜んで会ってみたら、がっかりした。そんな顔を隠しもしない男たちを前に、真緒はしかたがないとあきらめていた。森田の言う「隣に並べば夫にさらなる輝きを与えられるパートナー」には、なれない。夫のビジネスにまで良い影響を与えて貢献できる妻になどなれっこないと、割り切っていた。

そうして真緒は、誰に会っても断られ続けた。

(子供の頃からそうなんだ。英会話だって頑張ればお姉ちゃんを追い抜けたかもしれないのに、英語を勉強するのは好きだったのに、どうせ誰からも期待されてないんだしって最初から身が入らなかった。自分で自分の可能性の芽を摘んできた)

真緒のしていることは、あなたが妻となって隣にいることが誇らしいとまで言ってくれた亨の思いを裏切り、蔑ろにする行為だった。

「大丈夫？　気分でも悪い？」

亨が真緒の手を取る。

(どうして忘れてたの？　いつも引っ込み思案でおどおどしていた私は、亨さんのプロポーズをきっかけに変わろうと頑張ってたじゃない。いつか彼に愛してもらえるように、できることを探して努力する自分になりたいと、必死だった。この想いを伝えるためなら、なんでもしようと思った。そしたら亨さんは私の気持ちに少しずつ、言葉や態度で応えてくれるようになった。これからだって……)

「真緒さん顔をあげて」

真緒がうつむいているといつも励ましてくれるあの声が、心を震わせる。真緒と目を合わせた亨の瞳に、驚きの色が広がった。

「涙が……？」

彼の指が濡れた頬に伸びてくる前に、真緒はグイと拭った。と……、真緒は少し離れた場所から自分たちの方を盗み見ている森田に気がついた。やはりそうだ。彼はマスコミに流せそうなネタ探しが目的で、パーティーに出席したのだ。

「ごめんなさい。少し待っててください」

真緒は自分でも予想外の行動に出た。目が合うやほかの招待客の陰に隠れた森田のところへ、真っ直ぐに向かっていた。真緒の表情で何かを察したのだろう。こそこそ逃げ出そうとした彼は、真緒に正面に回られしかたなく足を止めた。

「や……元気そうだね」

森田のとってつけた挨拶は無視して、真緒は言いたいことだけ言った。

「あなたに約束します。亨さんが引いた貧乏くじは、いずれ大アタリに変わります。私が必ずそうしてみせます」

一瞬、何を言われたのかわからなかったのか。森田は、はあ？　と間抜けな顔になった。

「だから、もう二度と亨さんに傷をつけるような話を流さないでください」

真緒はこれ以上あなたの顔を見ていたくない、早く帰ってほしいという気持ちをこめて、

「さようなら！」

そう言うと、森田にきっぱり背を向け亨のところに戻った。

「どうしたんですか？　彼と何を話したんですか？」

待っていた亨が、さっきの真緒と同じ質問をした。うっかり涙を見られてしまったいつかの夜のように、亨の表情は硬く強張っていた。

「さよならの挨拶をしてきただけです」

「さよなら……」

「大丈夫です。なんでもありませんから、心配しないでください」

ぎこちないながらも笑顔になれたのは、さよならと言えて不思議とすっきりしていたからだ。

あのさよならは、たぶん自分自身にも向けたものだった。心の奥に隠れていた後ろ向きの自分、現実から逃げようとしていた自分を、今日を限りに追い出したい。

「真緒！　亨さん！　遅れてごめんなさい！」

いっせいに集まってくる視線の海を突っ切って、姉の理緒がやってきた。

お互いの近況報告がひと通り済んだところで、真緒は姉を壁際に置かれた休憩用の椅子まで引っ張ってきた。

「お姉ちゃんにお願いがあるの」

真緒は座らせた姉の正面に立って手を合わせ、お願いのポーズを取った。

「もうすぐ本郷グループ主催の大きなパーティーがあるの。私も亨さんと夫婦で出席するんだけど、当日着て行くドレスやヘアメイクについて相談できるプロの人、誰か紹介してほしい。あと、海外からの招待客にも笑われないマナーや立ち居振る舞いを身につけたいの。お姉ちゃんが前にイベントで頼んだって話してた、マナー講師も紹介して。あ、あと、それから、スパルタでいいので短期間で英会話力をがっつり叩《たた》き込んでくれる先生も――」

いきなり機関銃のように「お願い」を並べはじめた妹をあっけにとられて見ていた理緒は、

「とにかく落ち着いて。何があったか話してみて」

真緒の手を取り、隣の椅子に引いた。

理緒は今日のパーティで真緒が何を考え、心の持ち方をどう変えたのか、真緒の決意を聞き終わると、

「あなたたちにまで迷惑をかけてごめんなさい」

真っ先に頭を下げた。

「謝らないで。一番の被害者はお姉ちゃんなんだから」

「ありがとう。でも、お詫《わ》びはお詫びよ。真緒のお願いは全部聞いてあげる。お願いされなくた

って、真緒が亨さんと幸せになるためならなんでも協力するって約束したでしょ？」

「ありがとう、お姉ちゃん」

理緒の真緒を見る眼差しが、嬉しそうに和らいだ。

「でもさ。何もしなくても今の真緒なら本郷亨の妻として合格点じゃない？」

「え？」

「失敗を恐れて小さくなっていた真緒は、もういないんだもの。亨さんの隣で、いたらないところはあっても私は彼の妻なんだって自信を持って前を向いているだけで、真緒は輝いて見える。彼が誇りに思うパートナーだよ」

「……お姉ちゃん……」

悔しくて悲しくて零した涙とは違う温かなものが、真緒の睫毛を濡らした。

「頑張ったね、真緒。亨さんも真緒が彼を愛しているのと同じだけ、あなたを愛してくれていると思う」

「本当？　本当にそう思う？」

「思う。私の目に二人は、深く愛し合っている夫婦に映ってる」

理緒は真緒の頭をいつものように撫でかけ、その手を止めた。

「これからも真緒は私の大切な姉妹《きょうだい》にかわりはないけど、小さな妹扱いするのはもう終わりかな。あなたを守るのは、とっくに亨さんの役目だものね。それに、彼を愛したことで真緒はすごく強くなったから」

「……うん」

今夜、姉がかけてくれた幾つもの嬉しい言葉を、真緒は大切に心のなかに仕舞《しま》い込んだ。この先、また道に迷ったり間違えたりした時は、必ず力を与えてくれるはずだから。

「ねぇ。亨さんは大丈夫なの？　さっきはずいぶん沈んでたみたいだけど？　仕事で何かあった？」

理緒の視線の先には、客に囲まれた亨の姿があった。にこやかに応対しているように見えて、心ここにあらず。考え事をしているのが真緒にはわかった。

「あら？　私、彼の感情が読めるようになってる。これも真緒の愛の成せる技ね。亨さん、真緒と一緒にいて、気持ちが表に出るぐらい心を動かされることが増えたのよ。すごい進歩だわ」

真緒は亨を見つめた。

（何かあったのは、きっと仕事でじゃない）

おそらくプライベートで、だ。真緒はふと強く思った。

一人で考えたいことがあると打ち明けてくれた亨から、その後、なんの話もなかった。まだ答えが出ていないのだろう。

亨はずっとひとつの問題を抱えている。

（仕事でないなら……、やっぱり私たちのこと？）

もしもそうなら、今夜も真緒を優しく包み込んでくれた彼がいったい二人の関係にどんな悩みを抱えているのか？　冷静沈着な彼をそこまで追いつめているものが何か、真緒は知りたかった。

第七章

見上げた空に秋らしい薄い雲がたなびきはじめた九月の終わりだった。真緒はさっきから壁の時計とにらめっこをしている。

（どうして来ないの？　もう約束の時間を三十分もすぎてるのに）

本郷家主催のパーティー当日。短い期間ながらも準備に精いっぱいの力を注いできた真緒が、その成果を見せる日だ。亨の会社が差し向けてくれた車に乗って、会場のホテルに向かう予定だった。メイクや着替えの時間を考慮し、午後四時にはインターフォンが鳴るはずなのだが、家のなかはさっきから静まり返っている。

（亨さんとも連絡つかないし……）

彼は普段通り出社していた。仕事とパーティーと、今日は大事なものをふたつ抱えていつにも増して忙しいに違いなかった。応対してもらえなくてもしかたがない。真緒は自分に言い聞かせるのだが、なぜか胸がざわついた。約束の時間を一分一秒過ぎるごとに不安が大きくなる。

亨から何か言ってくるのを待つしかなくてスマホをじっと見つめていると、真緒の視線に応えるように突然震えはじめた。メールの着信を知らせている。

「亨さんからだ！」

真緒はほっとして、メッセージを開いた。

「え……？」

真緒はわけがわからず、何度もその短い文面を読み返した。

［あなたに手紙を書きました。私の書斎のデスクにあります］

亨のメッセージは、真緒の不安を得体のしれない恐れに変えた。


便箋《びんせん》を開くと、万年筆の鮮やかなブルーブラックが目に飛び込んできた。

あなたがこの手紙を読む時、パーティーはすでに始まっています。私がわざと間違った時間を教えました。今から駆けつけても間に合わないので、落ち着いて私の気持ちを聞いてください。

亨らしい端正な文字で書かれた手紙は、やはり彼らしく最初に律義な断りを入れ、こんな一文で始まっていた。

あなたと面と向かっては冷静に話せる自信がないので手紙にしました――と。

手紙には彼の結婚指輪が添えてあった。


私はあなたに結婚前に想いを寄せる男性がいたらしいとは感じていました。でも、私が原因でその人と別れることになったとは、知りませんでした。

彼は名乗りませんでしたが、手紙をもらったのです。新婚旅行から帰ってきた日に。そこにはあなたが苦しんでいると書かれていました。家のために私との結婚を受け入れたものの、好きでもない男との生活は不幸でしかなく、毎日私に隠れて泣いていると。


真緒は書斎の床にしゃがみ込んだ。あらぬ方向から頭を殴られたような驚きとショックに襲われ、いっぺんに力が抜けていた。

「誰？　いったい誰がそんな嘘の手紙を……？」

旅行から戻って以降、亨の様子がおかしかった理由がわかった。

夫は妻のすべてを知る権利があると偉そうに言ったのは、私です。でも、あなたの真実を知ることに、私は自分でもびっくりするほど臆病《おくびょう》でした。あなたと過ごす時間を重ねれば重ねるほど、私はどんどん意気地がなくなっていきました。あなたが想いを寄せていた相手が本当にいたのかどうかも、確かめる勇気のなかった私です。手紙の内容について尋ねることなど、到底《とうてい》できませんでした。

あなたは私に隠れて泣いているのでしょうか？　あの夜、私が見てしまった涙がそうなのでしょうか？　パーティーで私も会った男性が、あなたの愛した人ですか？　彼もまたあなたをあきらめ、ほかの誰かと結婚しようとしている。彼のところに戻ってあなたが口にしたさよならは、あなたを幸せから遠ざけるためのさよならですか？


（亨さん！）

とんでもない勘違いをしている亨に、真緒は大きな声でそんな相手はいないと訴えたかった。


今日のパーティーはグループにとっては謂《い》わば公式のもので、夫婦としてデビューしてしまえば、しばらく引っ込みがつかなくなります。つまり、私たちの事情だけでは別れられない。それが理由で、今日は欠席してもらうことにしたのです。

あなたはこれからどうしたいのか、よく考えてください。私はあなたが幸せになることを何よりも願っています。このまま私に指輪を外してほしいと言うなら、そうします。もし、もう一度

つけてほしいと思ってくれたなら、その時は

「その時は」の後は、空白のままだった。しかし、便箋の最後の一枚には彼が真緒に一番伝えたかった気持ちが綴《つづ》られていた。

真緒さん。私はあなたを愛しています。おそらくあなたが私に抱いている気持ちより、はるかに重たく強欲な想いを自分のなかに育ててしまった。理想的だと思っていた愛情のバランスは大きく崩れ、今の私があなたの顔を見れば、自分の感情に振り回され、この手紙に書いたような事情を落ち着いて話をすることもできないでしょう。もうどうなってもいいと、なにもかも蹴飛ばして、あなたに酷いことをしてしまいそうです。

誰も追いかけてこない遠いどこかにあなたをさらっていけたらと、妄想します。私しか入れない部屋にあなたを閉じこめられたら、どんなに幸せか。

このまま何も知らないふりをしていては、私たちは一番不幸な形で壊れてしまうかもしれない。いつか話した私の友人夫婦のように、真緒さんに執着する私があなたを傷つけてしまうかもしれない。

私は自分がどうすればいいのか、長く苦しみました。それでもあなたをすぐには手放せなかった、何も考えなくていい、悩まなくていい、明日から自由にしていいと解放してあげることので

きなかった私を許してください。

私はあなたを愛しています。

焦がれるほどに欲しかった彼からの言葉が、こんな形で届くなんて！

驚きなのか喜びなのか、それとも悲しみなのか。様々な感情がいちどきに押し寄せてきて、真緒は呑《の》まれそうなる。

（でも……、泣くのは今じゃない）

真緒は亨の手紙と、彼の指から外されたリングを胸に立ち上がった。涙で曇りはじめた目をしっかりと開いて、よろけかけた両足を踏ん張る。

（落ち着いて、真緒。今すぐ亨さんのところに行って、誤解をとけばいいのよ）

（だけど……、信じてくれるかな。こんな手紙を書いてくれるほど、悩ませてしまったのに）

真緒は冷静になろうと、懸命に心のなかで気持ちの整理をする。

（悪いのは、嘘の手紙をだしたやつよ！　いったい誰？　もしかして森田さんの嫌がらせ？）

（彼じゃない気がする。もうすぐ結婚する人にここまでする理由はないもの）

（私が二通目の手紙を受け取ったのと同じ日に、亨さんにも差出人不明の手紙が届いてたってことは……？　二通は関係があるんじゃないの？）

（そうか……！　だったら、尾形さんに話した方がいいんじゃないかな）


手紙と指輪をスカートのポケットにしまった真緒は居間に走って戻ると、スマホを手にした。

手紙の件は尾形に報告すべきだと思ったし、何より彼に話を聞いてもらいたかった。そうすることで、今はまだ乱れっぱなしの鼓動を落ち着かせ、血の上った頭を少しでも冷やせると考えたからだ。

『ちょうどよかった。俺の方も連絡しようと思ってたところだったんだ』

必要な電話なら仕事中だろうとかまわずかけてほしいと言っていた彼は、今日もすぐに出てくれた。

『真緒さんからかけてきたってことは、また何かあった？　三通目の手紙が来たとか？』

「亨さんからです。今日、亨さんに手紙をもらいました」

『本郷が手紙？　なんで？』

真緒は尾形に、亨もまた正体のしれない誰かから手紙をもらっていたこと。それが原因で彼が大きな誤解をしていることを話した。

『ああ、くそっ』

尾形はもどかしさを吐き出すようなため息をついた。

『真緒さんは知らないだろうけど、ここ最近、あなたには亨と結婚する前に好きな相手がいて、その男と今も会ってるだの不倫してるだのって与太《よた》話がちょろちょろ出回ってるんだよ』

「そんな……！　本当なんですか？」

『本郷のやつ、それもあって信じてしまったんだな。いや……、でも、本来の彼ならまず疑ってかかると思うよ。自分の妻へのそんな切実な想いをわざわざ手紙に書いて寄越《よこ》した男が、へらへら笑って別の女との結婚の報告をしにくるわけがないし。何より普段の真緒さんを知っていれば、あなたの心がどこにあるかわかるはずだ。そうだろ？』

「ええ……」

真緒は尾形には、亨の自分への心情を綴った部分については話さなかった。だが、『真緒さんへの愛情が判断を鈍らせたんだな。いつものあいつの冷静な目を曇らせてしまった。手紙にしたのも、あなたを前にすれば落ち着いて話すどころか感情が暴走する。ライバルを探し出し、どんな手を使ってでもあなたの周りから追い払うぐらいやってのけてしまう自信があったからだよ』

尾形は亨の気持ちをそのまま言い当てた。

真緒さん。私はあなたを愛しています。

亭の心を託した文字は、真緒の閉じた瞼の裏に焼きついている。


まだ、信じられない。

夢を見ているようで、信じたいのに信じられない。


(だから、あなたの声で聞きたいの。私の前で、私の目を見て言ってほしい)


『同じ人間かもしれないな』

苛立《いらだ》ち混じりの尾形の声に、真緒は我に返った。

『あなたに恋人がいる噂を流したのも、二人に手紙を出したのも、同じやつかもしれない』

「いったい誰なの……」

『真緒さん一人が標的なら嫌がらせをしたいだけの可能性もあると思っていたが、本郷もとなると、二人を本気で別れさせたい人間がいるのかもしれない。文面からしてあなたが不幸な結婚をしていると思い込んでいて、自分には助ける使命があると信じている。そいつの頭のなかでは、ヒロインがヒーローを助けてハッピーエンドってシナリオができあがっているんだろう』

「長谷川君は？」

『それ。その報告で電話をしようとしてたんだよ。居所はつかめたんだ。ただ、今の長谷川には同棲相手がいる』

「同棲？　恋人がいるってことですか？」

『近々結婚するつもりだって本人は周囲に話してるそうだ。調査を頼んだ人間によれば彼女との仲はうまくいっていて、ほかの女性にちょっかいを出してる様子はないらしい』

「じゃあ、彼ではない？」

『わからない。可能性がゼロとは言えないからな』

一瞬、二人とも黙り込んだ。この先どう動けばいいのか、尾形も迷っているのだ。

『真緒さん、これから本郷のところに飛んで行くんだろう？』

「一秒でも早く会いたいです」

『何度も言うけど、くれぐれも気をつけて』

「大丈夫です。尾形さんと話して気持ちが落ち着きましたから。無茶《むちゃ》はしません」

真緒は尾形に礼を言いながら、足はもう玄関に向かっていた。

気持ちが落ち着いたと思っていたのは、一秒でも早く亨に会いたい焦りが自分を見えなくしていたのだろう。亨との関係を元に戻せるのか。今まで味わったことのない不安を抱えて、頭のなかは彼のくれた手紙の文字でいっぱいに埋めつくされ……。真緒は亨以外のものに意識を向ける余裕をすっかり失っていた。

いつもは亨の会社が契約しているタクシー会社を使い、マンションに着いてからインターフォンで声をかけてもらうやり方で、極力外で待つ時間を作らないようにしていた。その注意を怠り、マンションの前でタクシーを呼ぼうとした真緒は、車で通りかかった彼に送っていこうかと声をかけられ、迷わず乗ってしまった。友人の家に行く途中だと説明されたが、そんな偶然があるだろうかと疑いもしなかった。

目指すホテルが彼の店の近くにあると説明された時も、心ここにあらずで適当に相槌《あいづち》を打った。ずっと上の空だったのは、車のなかで亨の手紙を何度も読み返していたからだ。

忘れ物をしたので店に寄りたい。重たいものだから運ぶのを手伝ってほしいと頼まれれば、一刻も早く亨に会いたい一心で進んで車を降り、小走りに向かった。

店に飛び込んだところで鍵を閉められ、おかしいと感じた時には手遅れだった。

「大丈夫だよ。安心して。やっと助けてあげられた」

そう言って満足そうに笑う顔を見て、真緒はようやく心から信頼していた男が、気味の悪いあの手紙の差出人であることに気がついた。

「マスター！　どうしてこんなことするんですか！」

とっさに逃げ出そうと暴れた真緒は、すぐさま縛り上げられてしまった。荷造り用のヒモが手首と足首に固く巻き付けられ、真緒の自由を奪っている。真緒は横倒しに放り出された床から、必死に頭だけ上げた。カーテンのなかった窓には布が雑に貼り付けられ、店のなかは電気を点けても薄暗かった。

川添の黒いスニーカーが近づいてくる。若い妻に嫌われないよう普段から身綺麗《みぎれい》にしていた人とは思えないほど汚れ、くたびれていた。

「どうして？　真緒ちゃんが助けてほしいって言ったんだろ？」

真緒はしゃがんで自分の顔を覗き込んだ川添に、ぞっと産毛を逆立てた。真緒の知っているマスターではなかった。興奮のあまり顔面が痙攣《けいれん》したように強張っていた。血走った両目がギロギロと落ち着きなく視線を巡らせている。

「安心していいよ。俺にはちゃんと伝わっていたからね。結婚前から訴えてただろう？　好きでもない男と一緒になるのは嫌だ、私は不幸だって」

「私、そんなこと思ってません！　マスターの勘違いです！」

真緒は説得しようとした。顔つきはまるで別人だが、川添であることにかわりはないのだから、言葉を尽くして話せばわかってもらえるかもしれないと。だが——次の瞬間、真緒の期待は粉みじんに吹っ飛んだ。

「黙れ！　黙れえっ」

突然、川添がそばにあったテーブルを蹴り上げたのだ。

真緒はひゅっと息を呑む。

「なんで嘘をつくんだあ！」

続けて椅子が壁際に吹っ飛び、背もたれがひしゃげた。

(誰か！　助けて！)

川添は肩を怒らせ、ゼエゼエと恐ろしいような呼吸音を響かせていた。愛嬌《あいきょう》のある熊《ベア》に例えられていた彼の丸いシルエットが、悪役レスラーの凶悪な肉弾に変わって見えた。一気に膨れ上がった恐怖に、真緒は身体の芯から揺さぶられている。

「どうして……私？　奥さんがいるのに……」

真緒の呟きに、店のなかをぐるぐると歩き回っていた川添はピタリと足を止めた。

「あいつも嘘つきだった。死ぬまで一緒にいると約束したのに、突然いなくなった。仕事から帰ったら消えてた」

(出て行ったの？)

「どこにもいない。どこにも！　いないんだ、どこにも……」

川添の口調から察するに、手を尽くして探しても見つからなかったのだろう。

真緒はハッとした。突然姿を消したということは、彼のもとから逃げたのではないのか？　DVの加害者は、外面のいい人間が多いと聞く。真緒を拘束した時の手慣れた様子といい、ひょっとしたら川添は妻を虐待していたのかもしれない。真緒はそうとしか思えなくなってきた。

「真緒ちゃんは、彼女に似て可愛いんだよね。笑った顔も小さな手も、すべすべして柔らかそうな足も……」

川添は打って変わってうっとりとした声を上げた。まさに別人が憑依《ひょうい》したような変わり方に、真緒の背を冷たいものがぞわぞわと這い上がってきた。以前、川添は言っていた。

「男には独占欲ってのがあるからなあ。いつも相手を手元に置いておきたい、少しの間も離したくない、そばにいたいっていう……。愛情が深ければ深いほど、わがままになるんだ。それが度を越すと、あいつみたいになる」

今となっては、川添の言葉は長谷川ではなく彼自身に向けられたものに思える。彼の妻への執着は、彼女が姿を消してしまったことでより病的になった。痩せて窶れた彼の顔には、蝕《むしば》まれた心のありさまがそのまま表れているのだ。

「私は奥さんじゃないの。お願い。逃がしてください」

今はもういない妻にぶつけたくてもぶつけられない凶暴な愛情を、川添は真緒に向けている。

川添が真緒のポケットからはみ出た手紙を抜き取った。

「車のなかでずっと読んでたな。スマホが落ちても気がつかないぐらい熱心に」

真緒はこっそりスマホを拾った川添が、途中、どこかの植込みに投げ捨ててしまったと知って絶望した。初めて逃げられないかもしれないと思った。

亨の手紙に最後まで目を通した彼は、満足そうに笑った。

「俺が出した方の手紙は、期待以上の仕事をしてくれたみたいだな。こっちとしては手紙の中身を二人が信じようが信じまいが、どっちだっていい。夫婦の仲を引っ掻き回せればそれでよかったんだ。真緒ちゃんがいなくなっても、好きな男と逃げたと思って本郷があきらめてくれれば都合がいい。真緒ちゃんを隠しちゃうまで時間が稼げる」

「隠すって……？」

「俺の実家はね。両親が亡くなってからは俺が別荘代わりに使ってるんだよ。持ち山のなかにポツンと立った一軒家でね。通りかかる人間のほとんどいない、静かないいところだよ」

真緒は自分の顔から血の気が引いていくのがわかった。そんな場所に隠されたら、誰にも見つけられない。

川添はもうずいぶん前から、真緒を拉致しようと新居の周りを車でうろついていたらしい。しかし、真緒は隙を見せなかった。川添はようやく巡ってきたチャンスをものにできたことを、真緒は自分の運命の相手なのだから当然だと喜んでいる。

「少し待っててね」

川添は真緒の口をガムテープで塞ぐと、カウンター横の三畳ほどのサイドルームに運んだ。そうして、自分は片付けのようなことを始めた。店を休むのか畳むのか知らないが、本気で真緒を連れ実家に戻るつもりだ。

「本郷にはずいぶん前に一度挨拶したが、俺のことなどろくに覚えちゃいないだろう。いなくなった真緒ちゃんと俺と結びつけて考える頭は、まずないな」

部屋を出て行く時、川添は真緒を振り返って笑った。半分は亨を馬鹿にする笑い、もう半分はこれで無事に逃げ果《おお》せると確信した安堵の笑みだった。


何もできないまま、時間だけがすぎていく。

真緒は覚悟していた。サイドルームに異様に大きなダンボール箱が置いてあるのを見た時、これから死ぬにも等しい日々が待っていることを悟った。手足を拘束されたうえ、上半身を椅子の背もたれに縛りつけられた真緒は、もはや涙を流すことしかできない。

(ごめんなさい、亨さん)

川添の一通目の手紙が届いた時、亨に迷惑をかけることを何よりも恐れた。だから、彼に黙って解決しようしたのに、結局は最悪の結末を迎えてしまった。それが何日後になるのか何年後になるのかわからないが、いずれ一連の出来事が事件となって明るみに出れば、一番の関係者として間違いなく亨に迷惑がかかるだろう。

この時間、商談の成否に繋がる大切なパーティーに出席している亨が、真緒の身に降りかかった厄災を知る術はない。尾形も真緒から、マスターはストーカー被害から救ってくれた頼りになる人物として聞かされている。実際、彼の周りのほとんどの人間がそう思っているはずだった。

川添の言う通りだ。彼を犯人と結びつける者は誰もいない。自分の救助に繋がるわずかな希望も見つけられずに、真緒の心は底無しの闇のなかへと沈んでいく。

(私はもう、あなたに謝ることもできない)

会いたい。

ずっと助けてと叫んでいたはずなのに、いつの間にか真緒の心にあるのは、ただひとつの願いだけだった。

亨さんに会いたい！

亭に会いたかった。川添に逃げた彼の妻の代わりにされる恐怖より、亭に二度と会えない苦痛の方がはるかに大きく膨らんでいた。

(最後にもう一度だけ会いたかったな……。無理だよね。……無理なんだ？　もうあの人には二度と会えないんだ)

堰を切って涙が溢れてくる。胸が鋭い刃物でも突き立てられたように、きりきりと痛んだ。出会った頃よりも、プロポーズされた時よりも、今の方が何倍も彼を愛していた。

(あなたともう一度会って、あなたの気持ちを聞きたかった)

そうして、

(私の気持ちも聞いてほしかった)

真緒はハッと顔を上げた。店の扉を誰かが叩いている。

「おいっ！　店の人！」

焦って拳で乱暴に殴りつけるような叩き方だった。扉がガタガタ揺れる音が真緒のところまで伝わる。

「誰かいないのか！　店の人！　外のゴミから煙が出てるぞっ！」

喚《わめ》く声は、動けない真緒が思わず腰を浮かそうとしたほど切羽詰まっていた。このあたりは消防車も入れそうにない小型の店舗の密集地で、火事を出したら大変なことになる。川添もさすがに慌てて扉を開けたのを、真緒は気配と物音で察した。

「てめぇ！」

川添の怒鳴る声がしたと思ったとたん、フロアから人の争う音が聞こえてきた。

川添が家具に当たった時と同じ恐ろしい音が、続けざまに聞こえてくる。

何かが床に激しく叩きつけられる衝撃が何度か、地鳴りのごとく真緒まで届いた。

カウンターが大きく揺れたのだろう。その弾みに、続きにあるこの部屋の扉も揺れた。

と——次の瞬間。ガラスの割れる派手な音があたりの空気をいっぱいに埋めて響き渡った。カップやグラスが棚から一斉に転がり落ちたに違いなかった。

(——？)

真緒は息をつめた。唐突に静寂が訪れたからだった。急に何の音も聞こえなくなった。

見えないとわかっていながら、扉越しにフロアの方へ目をやった。

「……んんっ」

真緒の喉が引き攣れる、くぐもった音をたてた。

(誰？)

人の気配が近づいてくる。

足を引きずるような音が近くなる。

激しく肩で息をしている。

(誰なの？)

助けにきてくれたその誰かは、嘘の火事騒ぎで川添に鍵を開けさせ、二人は激しい取っ組み合いになった。

どちらが勝ったのだろう？　叩きのめされたのは川添かもしれないし、助けにきてくれた誰かかもしれない。いや、まだその人間が真緒の味方とは限らないのだ。

祈る気持ちで近づく相手を待つ真緒の瞳のなか、ゆっくりと部屋の扉が開いた。


（亨さん！）

開いた扉の向こうから現れた亨は、こめかみを血で汚していた。乱れたスーツの襟元から覗く喉のあたりに、赤い絞め跡らしきものが走っている。あちこちに擦り傷のできた、歪んで青ざめた顔。それが真緒の姿を見つけたとたん、明かりを灯したように表情に力が蘇った。

「待っててください！　ハサミか何か探してきます！」

叫ぶ声は半分潰れ、掠れていた。左足を大きく引きずりながらいったんカウンターに戻った亨は、キッチンバサミを見つけて戻ってきた。真緒の手足のヒモを切って自由にすると、すぐさま口に貼られたガムテープを剥《は》がした。

「亨さん、血がこんなに……」

真っ先に怪我《けが》を心配した真緒に、亨は「大丈夫です。見た目ほど酷くありません」と頷いた。

「マスターも、もう暴れる力がないだけで、ちゃんと息はしています」

真緒を安心させるように、亨は背中をそっと撫でてくれる。

「間に合ってよかった、真緒さん」

「亨さん！」

真緒を抱きしめようとした亨は、縋りつく両腕に強く抱きしめられ、戸惑う。

「あなたに会いたかったの。もしも亨さんのところに二度と戻れないなら、最後にもう一度だけ、ほんの一瞬でもいいから……」

「真緒さん……」

亨は胸に埋まった真緒を見おろした。

「あなたに会えて嬉しい。会いたかったの」

助かったことよりも自分に会えた方が嬉しいと言わんばかりの真緒を、亨は抱き寄せた。

「真緒さん、本当によかった。あなたが無事で」

（亨さん……）

いつもと変わらず冷静に見えた亨の両手が、微かに震えていた。

「あなたの命が危ないと知った時は、目の前が真っ暗になりました。生きている心地がしなかった」

亨の吐き出す息も、震えている。

「あれだけ覚悟を決めて手紙を書いたのに、今あなたがそれを読んでいるかと思うと、私の胸には後悔しかありませんでした。手紙を読んであなたは私の前から去ってしまうかもしれない。あなたのいない生活を想像するだけで、私は居ても立ってもいられなくなりました。パーティが今後の事業に関わる大切な場であることも、どうでもよくなっていました」

亨は真緒の髪に、子供のように顔を埋める。掠れた声を時々つまらせながらも、自分の思いを伝えはじめる。

「私の間違いに気づかせてくれたのは、今日あなたと二人で会うつもりだった特別ゲストの御夫婦です。国は違えど、夫と妻が愛し合い睦《むつ》まじくあることの幸福は変わりません。私は子供の頃から、結婚したら歳を重ねても幸せそうな祖父母夫婦のようになろうと決めていたのを思い出しました。ゲストの二人もまた私が理想とする夫婦でした」

しっかりと添わせた互いの身体を通し、亨の心が流れ込んでくる。

「今ならわかります。相手は誰でもいいわけではありません。私には真緒さんだけです。私の妻となり、私を幸せにしてくれる女性はあなたしかいない。私は何があろうと、あなたの手を離すべきではなかったのです」

悲しく冷たい涙で汚れていた真緒の頬が、今は温かなもので濡れている。

「私はあなたへの愛情を殺すのをやめました。真緒さんを取り戻すためにパーティー会場を飛び出し家に向かいました。あなたより大切な仕事などないし、あなたを取り戻せれば今回空けた穴などすぐに塞いでみせる自信がありました」

しかし、家に帰っても真緒の姿はなかった。スマホも繋がらない。

「出て行くにしても、あなたは私に何か言葉を残してくれるはずだと思いました。真緒さんはそういう人です。それがどこを探しても見つからなかった」

不安を膨らませていたところに、尾形から電話が入ったという。亨にも一種の脅しともとれる手紙がきていたことを知って、さすがにこれ以上黙っているのは危険だ。亨にすべて打ち明けるべきだと判断したのだった。亨は初めて自分たち夫婦が誰かの悪意にさらされていること、真緒が狙われていることを知った。

「すぐにあなたは連れ去られたのかもしれないと思いました」

「どうしてここだとわかったんですか？」

真緒はようやく涙を拭くと、顔を上げた。

「マスターの川添を紹介されたあの時に、彼があなたに好意を抱いていると気づいていたからですよ」

「え……？」

「その頃にはもう、私はあなたに惹かれていましたから。だからこそ、ほかの男の感情に敏感だったんだと思います」

ただ、亨はその好意が真緒に害をなすほど深いものとは思わなかった。真緒自身の口から信頼を寄せる相手と聞かされていたからだ。

「尾形との電話の後、真緒さんを不幸だと思い込んでいる手紙の主は、実際にあなたから私との生活について話を聞いている人間ではないかと疑ったのです。つまり、それだけあなたが気を許している身近な人物です。真っ先に彼が思い浮かびました」

亨の頭には川添の名前も店の名前も場所も、真緒に関するデータの一項目としてインプットされていた。すぐさま駆けつけてみれば、店の窓に不自然な目隠しがされていた。亨はここが真緒の監禁場所だと確信した。

「火事でおびき出すアイデアは、昔読んだ推理小説から拝借しました。通用してよかった」

二人の間に島での日々を思い起こさせる、甘く温かな空気が流れ始める。

一心に自分を見つめる亨の瞳に、真緒の胸は高鳴りはじめる。彼は手紙にあった、あの夢のような言葉を贈ってくれるだろうか？

「真緒さん。あなたに幸せになってほしいと言った私は間違っていました。誰かにあなたを幸せにしてもらうのではなく、私があなたを幸せにするのです」

亨の真っ直ぐな言葉が、真っ直ぐな眼差しとともに真緒に届いた。

「約束します。私が誰よりもあなたを幸せにしてみせます」

躊躇うことなく頷いた真緒の唇に、亨は愛しげに唇を重ねた。

「真緒さん。私はあなたを愛しています」

真緒の胸が熱いもので満たされる。

「愛しています、真緒さん。これからも私の妻でいてくれますか？」

「……はい。亨さん、私……」

真緒は亨を強く抱きしめた。長く秘めてきた、ずっと彼に伝えたかった言葉を唇に上らせる瞬《と》間《き》がとうとうきたのだ。

「愛情の天秤は私の方がずっと重たいかもしれません」と、亨は言った。

「その重さにあなたが堪えきれなくなっても、私は二度とあなたを手放すつもりはありません」

亨は真緒の燃え落ちそうな耳元で、許しを乞う口調でそう囁いた。

真緒は彼の胸でいいえいいえと首を横に振った。

「重たかったのは私の方です」

「真緒さん？」

「プロポーズを受けた時にはもう、私の心はあなたへの想いでいっぱいだったんです」

「えっ……？」

亨は本当に驚いている。そうとは微塵《みじん》も思っていなかった顔だ。

「私はあなたが姉のものだった時からずっと……、ずっとあなたが好きでした。亨さんに恋をしていました」

「恋……。私に？」

大きな両手で頬を包まれ、顔を上向けられる。信じられないと自分を見つめる彼に、真緒はこれまでの想いのすべてが伝わるように、大きく、はっきりと頷いた。

「私の方こそ、やっと捕まえたあなたを二度と手放すつもりはありません。それでも私を妻と呼んでくださいますか？」

真緒の唇は熱いキスに塞がれた。


川添の一件が解決して間もなく、真緒と亨が心配していたもうひとつの問題も片づいた。姉にまつわるマスコミ狂騒曲《きょうそうきょく》に、ようやくエンドマークが打たれたのだ。それも、二人が思いつきもしなかったびっくりするような方法で――。

「えっ？　お姉ちゃんが尾形さんと結婚するって……？　うそ？」

真緒がスマホを片手に唖然と呟いたのは、ベッドに横になった亨の傍らでのことだった。亨は怪我の療養のため、二週間の休暇を取っていた。

「私、全然知りませんでした。亨さんは尾形さんから何か聞いてましたか？」

二人の婚約を報じるニュース画面をベッドの亨に向けると、彼は慌てた様子で身体を起こした。手渡されたスマホを覗き込む横顔を見るに、亨も真緒同様、寝耳に水だったのだろう。

『話題の美人イベントプランナー、理緒お嬢様のお相手は、業界注目株のイケメン経営者！』

記事では尾形のプロフィールにはじまり彼の会社についてはもちろん、経営者としての手腕からＩＴ業界での評価、幅広い交友関係に加えて周囲の人物評まで。野次馬読者の好奇心に応える様々な情報が網羅《もうら》されていた。当然、亨や真緒の名前も登場する。

尾形と理緒が高級バーで、いかにも恋人らしい親密さでグラスを交わす写真が添えられていた。掲載許可は取ってあります、との一文もある。

「どうやらフェイクじゃないようですね」

「いつの間に……？　二人が顔を合わせる機会って、ありましたっけ？」

真緒が亨と顔を見合わせたところに、まるでタイミングを見計らったように理緒から電話がかかってきた。

「驚いてるだろうと思って。勝手にごめんね。実はこれ、尾形さんが考えてくれた作戦なの」

理緒は真緒たちに、ニュースが出るに至った経緯を教えてくれた。


「理緒さん。突然ですが俺と婚約しませんか？　もちろん偽りの、ですが」


尾形から姉のもとに連絡が入ったのは、川添の騒ぎがあってすぐだったそうだ。今度の一件で問題を放置する危うさを思い知ったという彼は、亨や真緒のためにも理緒が巻き込まれているトラブルの暗雲を一掃したいと言った。

「俺たち、手を結びましょう。お互い大切な人を守るために」

亨と理緒と真緒。登場人物が男一人に女二人だから、スキャンダラスな憶測を生む。だったら自分が入ってカップルを作ってしまえばいいというのが、尾形のアイデアだった。

尾形は自ら理緒の婚約者として知人の芸能記者にコンタクトをとった。

「俺、実は理緒さん真緒さん姉妹とは、本郷を通して高校の頃に知り合ったんですよね」

実際、尾形と亨が高校時代から親しくしていたのが幸いした。

「本郷は理緒さんと見合いをしたのに、妹の真緒さんにひと目惚《めぼ》れしちゃって。俺も俺で理緒さんをひと目で好きになって、彼女の方も本郷よりも俺の方がタイプだと言ってくれたんです。それぞれつき合いはじめたのは……、そうだなあ。一年ぐらい経ってからかな。ただし、家族や周りの人間には絶対に秘密でした。――だって、そうするしかないでしょう？　皆さんもご存知の通り、本郷・市原両家の御家《おうち》の事情というのがありますから。えっ？　過去の恋人ですか？　あれは遊びですよ、遊び。大人同士の関係にオープンな彼女公認の、ね」

亨たち三人は自分まで今回の騒ぎの巻き添えを食わないよう気遣い、今日まで何も言わずにいてくれたが、

「ここまでくると、むしろ四人の関係を正直に話した方が世間の関心も落ち着くと考えたんです」

尾形の目論見《もくろみ》は当たった。折しも川添の事件が報じられ、怪我をものともせずにストーカーと戦った亨の、妻への愛情がクローズアップされたタイミングだった。亨と真緒、愛し合う夫婦の絆が証明されたのだ。何の波乱の匂いもしなくなったカップルへの興味は、理緒を巡る恋愛スキャンダルと一緒に、それから半月もしない間に薄れていった。

「お姉ちゃん、いずれほとぼりが冷めた頃に婚約は解消するとしても、当分は尾形さんと恋人同士として振る舞わなくちゃならないんでしょう？　どうせなら本当に恋人になったつもりでつき合ってみたら？　私、尾形さんはお姉ちゃんに合うと思うんだ。きっと相性がいい」

真緒は姉に提案してみた。今は仕事に邁進すると宣言していた人だ。その気はないとあっさり

断られるかと思ったが、意外なことに電話の向こうから返ってきたのは、「そうしてみようかな」だった。心なしか、今からもう彼との時間を楽しみにしている声だった。

「行動力のバリある男は素直に尊敬するし、大切な人なんて言葉を堂々と口にできる潔さも好き。確かに私のタイプよ、彼」

でもね――と、理緒は続ける。真っ直ぐに真緒を見つめ、優しく微笑みかける姉の顔が浮かんだ。

「真緒の影響なの。仕事もいいけど、今しかできない恋をするのもいいなって気持ちになったのは」

思いもかけないことを言われて戸惑う真緒を、

「真緒、本当に幸せそうだもの。亨さんと一緒になって、私みたいな周りの誰かの気持ちまで揺り動かしてしまうほど、あなたは幸せなのよね」

姉はそんな嬉しい言葉で、もう一度、亨との結婚を祝福してくれた。

亨の怪我の完治を二人で祝った日の夜のこと。久しぶりに夫婦のベッドで身体を重ねた後、真緒は亨と改めて結婚指輪の交換をした。

「愚かだった私の二度目のプロポーズを、あなたは受け入れてくれました。真緒さん、再度互いの指に指輪を嵌めることで、私たちの門出を新たな気持ちでお祝いしませんか？」

――亨がそう提案したのだ。

「真緒さん、なぜ黙っていたんですか？」

亨はまだ悦びの余韻の残る真緒の裸身を抱き寄せ、もう一度指輪をつけてくれたその手に口づけた。

「最初にあなたの気持ちを伝えてくれていれば……」

「亨さんは優しいから、きっと応えてくれようとするでしょう？　私はあなたにそんな心の負担をかけたくなかったし……。たぶん、どこにでもいる普通の恋人たちのように、出会ってゼロから自分を好きになってもらいたい気持ちもあったんだと思います。あの頃の私にとっては、夢でしかない願いでしたけれど」

真緒も、大切なリングの輝く亨の指にキスを返した。

「真緒さん。何年もの間、あなたが私に恋をしていたこと。私があなたにずっと想われていたことを、私はもっと感じたい」

亨に強く抱きしめられ、「一度ではとても伝わりません」と囁かれ、真緒は逃げられなくなった。

「……ん」

真緒の喉が切ない音をたてる。蕩けるようなキスを交わすのは、今夜はもう何度目だろう。唇を重ねるたびにキスはより優しく、より甘くなるのだ。

（亨さん……）

真緒は亨の頭を愛しく抱きしめ、もっと深く唇を貪ろうとする。真緒もまた長い間胸に秘めてきた想いを、まだ伝え足りないと思っていた。

キスは真緒の肌を滑って、身体のあちこちへと気ままに移りはじめる。

「愛してる、真緒」

今夜、何度も囁いてくれる亨のその言葉が、キスの快感を信じられないほど大きなものに変えていた。

今度は乳房がとろりと優しい唇に責められる。丸く張りつめた輪郭を焦《じ》れったいぐらいにゆっくりとなぞっていたかと思えば、次には乳首を含まれ赤ん坊のように吸われた。

「……ん」

ちゅくちゅくと濡れた音が耳に届くと、真緒は身体の芯をぎゅっと締めつけられるように熱くなった。

「あ……は」

全身を隈《くま》なくキスで埋められ、真緒は喘いだ。一度でも触れられた場所は唇が離れても、別の場所へのキスで思い出したようにまた疼きはじめる。そうやって快感が身体の隅々にまで——指の一本一本にまで広がっていく。

「……亨さん……好き……」

真緒は、少女の頃から決して叶うことがないとあきらめてきた恋の成就を全身で感じていた。

「真緒、答えて」

愛撫に酔わされれば酔わされるほど、真緒は彼のことしか考えられなくなる。亨の言葉に逆らえなくなる。

「尾形とは何回二人きりで会ったの？」

「尾形さ……んとは……一回だけ……」

亨は伸ばした指を真緒の秘花で遊ばせながら、「本当？」と確かめる。

「ほんと……です……」

「でも、彼と仲良くプリンを食べたんでしょう？　あいつは自慢してましたよ」

真緒を責める指が、意地悪く花弁の合わせ目を開いて動く。そのたびに真緒の腰はひくりと震えた。

真緒の思い出のなかの小学生男子にも、真緒がほんの少しの間おしゃべりしただけの異国の少年にもやきもちを妬《や》いた亨は、嫉妬する自分をまるで隠さなくなった。

「俺たちが二人きりで会ってたと知って、案の定、本郷の俺を見る目が変わったよ。今まで俺の働きぶりをリスペクトしてくれてたんだが、加えて俺には絶対負けたくない、仕事でもあなたに一番に評価される男でありたいって競争心を、恐ろしいほど感じる」

亨の見舞いに来た尾形にそう耳打ちされた時は信じられなかったが、どうやら本当らしい。

「私と尾形は、どちらが魅力的な男ですか？」

「……亨さん……です……」

「私と彼と、どちらが好き？」

「……わかってるのに……どうして……」

「わかっていても聞きたいんです」

わがままにねだる亨は、自分の名前を告げた真緒の唇についばむようなキスをした。

「嬉しいです。あなたには何度でも好きだと言われたいから」

こうして話す間も止まってくれない愛撫の指に、真緒は何度も恥ずかしい声を呑み込んだ。

見られている。

亨に。

指の動きにあわせ悶《もだ》える身体も、きっと悦びに蕩けているだろう淫らな表情《かお》も何もかも。

「亨さんも……」

一人で達《い》かせないで——と、思わず愛撫する手をつかんで止めた真緒に、真緒しか知らないだろう、うっとりするほど優しい笑みが返ってきた。

「駄目です。一緒だと私が夢中になりすぎて、あなたの可愛い姿をゆっくり見られない」

あやすように叢《くさむら》を撫でられ、何度も閉じようと頑張った甲斐《かい》もなく両足がだらしなく開いていく。

「あ……やぁ……」

溢れる蜜をすくっては花芽に塗り付けるように指先をくるくると動かされ、真緒は意識が遠のいてしまいそうな快感に襲われた。

亨が見ている。でも、その視線さえもいつの間にか愛撫にかわっている。彼に愛され悦ぶ自分を、爪の先まで見られていると思うと、昂るものがあった。もっともっと彼のものにしてほしくて、嬲られている場所が締めつけられるように疼いた。

「私の名前を呼んでください」

「亨さん……」

「呼びながら達《い》って」と耳に熱く吹き込まれ、また秘花が強く疼いた。

「……亨さん……亨さ……ん……っ」

名前は自然と零れていく。

「ん……っ」

彼を残し一人昇りつめてしまった瞬間、真緒は強く抱き寄せられていた。重ねられた彼の頬も、燃えるように熱い。

「可愛い、真緒。ほかの男は誰も知らない、私だけのあなたが可愛い」

（亨さん……）

　真緒は幸せだった。幸せすぎて激しいひと時がすぎても、真緒の身体の奥には一人ではどうにもできない情熱の塊が残っていた。解放できるのは、亨だけだ。この世界にどれほど男がいようとも、亨一人だけ。

「お願い……」

　真緒は亨の背に両手を回して引き寄せ、初めて自分から彼の分身に濡れそぼった花を押しつけた。

（心から欲しいと思う相手とのセックスがどんなに素晴らしいかを教えてくれたのは、あなただから……）

　だから、抱いてくださいと伝えたいつかの夜のように、真緒は恥じることなく求める言葉を口にした。乱れる息も隠さない、切なく追いつめられた声で。

「亨さんが欲しいの」

　彼に口づける。

「あなたを入れて……。そして、私のなかをあなたでいっぱいにして。もっと私をあなたのものにして」

「真緒……」

　真緒を見つめる亨の瞳に陶酔の色が浮かんでいる。

「私が上になるから……」

怪我をした亨の足が無理をするとまだ痛むのを心配してのことだ。だが、それだけではない。自分から彼を貪りたい激しい衝動が、真緒を動かしていた。

「嬉しいです。積極的なあなたも好きだと、前に教えたでしょう？」

そう言って本当に嬉しそうに笑う彼は、真緒と同じ思いを口にした。

「もっと私をあなたのものにしてください」


（あなたを愛しています）

まだ足りない。言葉では伝えきれない想いが、身体の奥を熱く疼かせている。

真緒は起き上がった彼を静かに押し倒した。彼が見ている。ひとつひとつの動きを隈《くま》なく追いかけられる羞恥に全身を焼かれながらも、真緒は彼に跨《また》がった。

雄々しく勃ちあがった彼が目に入った。真緒は蜜に塗れた秘花を彼に重ねて、ゆっくりと腰を落とした。

「ん……」

柔らかく分身を押し潰され、亨は呻《うめ》いた。苦しそうなのに、どちらの耳にも甘く響く声だ。

（ああ……、気持ちいい……）

こうして隙間なくくっついているだけで、彼と心までひとつになれたような不思議な喜びがあった。そのまま腰を前後に動かした。

「あ……快《い》い……」

綻んだ花が、彼の硬い幹を包んで滑る。静かな部屋の空気を揺らすのは、弾む二人の息と、潤んだ蜜のたてる濡れた音と。

自分がどれほど彼を欲しがっているかを思い知らされ、真緒は喘いだ。

「真緒、もうほしい」

それまで真緒の動きに熱い視線を注いでいた亨が、シーツに頭を落とした。

「私も……」

真緒は彼を手に取り、疼き続ける入り口へと導いた。傘を開いた先端を柔らかく包み込み、内《なか》へと誘う。

「ああ……」

真緒の背がしなる。真緒の熟れた内側が、彼を離すまいと蠢《うごめ》いている。

「すごいな」

彼で奥までいっぱいにして切なく捩《よじ》れる真緒の腰を、伸びてきた両手がつかんだ。

「さっきみたいに言葉にして求められただけですぐにも達ってしまいそうなのに、こんなにされたら……」

ふと見ると、彼はセックスを知ったばかりの少年のような顔をしていた。たった今まで余裕たっぷりだった人が、少し困ったような照れ臭そうな表情を浮かべている。

(亨さん……)

真緒のなかに、味わったことのない愛しさが込み上げてきた。亨への愛が、プロポーズを受けた時にはなかった新しい色を帯びはじめていた。真緒のなかに妻としての自信が生まれた証かもしれなかった。

真緒の手が亨の頬に触れた。

「なにをされてもいいの。だから、もっと私に夢中になって」

真緒の一言が亨のどんなボタンを押したのか。いきなり下から大きく突かれて、真緒は高い声をあげた。揺すりあげられ奥までかき回されて、真緒の身体を最初の波が駆け抜けた。

「真緒……!」

引き締まった彼の半身が、真緒を揺すり上げる。

彼の動きにあわせ、真緒の腰も揺れている。

自分が彼を欲しいと思う分だけ、亨も自分を欲しがってくれている。ただそれだけのことが、こんなにも二人を幸せにしてくれるなんて。自分たちはこれからもその幸福を時間をかけて深く知っていくのだろう。

「亨さん……」

彼に繋がれたところから、とろとろと快感に蕩けていく。

「もう……」

彼を跨いだ両足に力がはいった。

真緒は亨を強く締めつけた。

微かに彼が呻いた一瞬——真緒もまた頂へと駆け上がっていた。


「愛してる、真緒。あなただけを愛してる」


姉の教えてくれた周りの誰かの心まで揺り動かしてしまうほどの幸せが、真緒の手にあった。

少女の頃、恋する真緒が夢見た亨との永遠の日々は、今はもう約束されている。

あとがき

こんにちは。春野リラです。

以前も私の作品を読んでくださったことのある方には、「引き続きこの本も手に取ってくださり、ありがとうございました。感謝の気持ちでいっぱいです」

そして、初めて読もうと思ってくださった方には、「嬉しいです。ひと時でも楽しい時間を過ごしていただけたのなら、幸せです」

さて――。今回の作品に立ち向かうにあたって私が目標にしたのは、主人公カップルのラブラブ度&糖度をあげるというものでした。

いつもならストーリーを考える時、二人で乗り越えるハードルをどうするか、一番に頭を悩ませるのですが……。今回は思い切ってそちらは少し後回しにして、お互い相手しか目に映っていない、でも、どちらも自分一人だけの想いと信じ込んでいる。そんなもどかしくも甘く幸せそうな二人を、じわじわゆっくり描きたいと頑張りました。

ヒロインの真緒は亨を純粋に想い続けていますが、亨の方は、たぶん恋愛そのものに対しても純なところがあって、その分、余計に彼女への愛情が濃く重たくなるのだろうと思います。

独占欲にしろ束縛欲にしろ、リアル世界ではつき合うのに苦労しそうな感情を、創作世界ではとてもロマンチックで幸せなものとして描けるのが、この仕事の楽しみのひとつかもしれません。実際、楽しかったし。


真緒の姉、理緒の恋愛も頭のなかでイメージして、一人で楽しんでいます。理緒はパーフェクトウーマンですけれど、本気の恋はまだこれからです。彼女が初めて味わう戸惑いやためらいを、亨の親友の彼ならドーンと受け止めてあげられるはず。本当に想像するだけで楽しいです。

この楽しい気持ちを次の作品へと繋げて、創作のエネルギーに変えられれば……。主人公カップルのラブ度と糖度については、引き続き次作でもアップできるように頑張りたいと思っています。

どうか読んでくださったあなたと、また新しい物語で繋がれますように――。

春野リラ

ルネッタブックス

クールなはずの完璧御曹司は、重くて甘い独占欲がダダ漏れです

2023年1月25日　第１刷発行　定価はカバーに表示してあります

著　者　**春野リラ**　©RIRA HARUNO 2023

発行人　鈴木幸辰

発行所　株式会社ハーパーコリンズ・ジャパン
東京都千代田区大手町 1-5-1
03-6269-2883（営業部）
0570-008091　（読者サービス係）

印刷・製本　中央精版印刷株式会社

Printed in Japan ©K.K.HarperCollins Japan 2023
ISBN978-4-596-75960-3

乱丁・落丁の本が万一ございましたら、購入された書店名を明記のうえ、小社読者サービス係宛にお送りください。送料小社負担にてお取り替えいたします。但し、古書店で購入したものについてはお取り替えできません。なお、文書、デザイン等も含めた本書の一部あるいは全部を無断で複写複製することは禁じられています。

※この作品はフィクションであり、実在の人物・団体・事件等とは関係ありません。

Lunetta